ВЫСОКИ

КНИГИ
ИРИНЫ МУРАВЬЁВОЙ —
ПОДЛИННОЕ УКРАШЕНИЕ
ВАШЕЙ БИБЛИОТЕКИ,
ИЗЫСКАННАЯ ПРОЗА
ДЛЯ НАСТОЯЩИХ ГУРМАНОВ
В ЛИТЕРАТУРЕ:

- Любовь фрау Клейст
- Веселые ребята
- Портрет Алтовити
- День ангела
- Напряжение счастья
- Сусанна и старцы
- Жизнеописание грешницы Аделы
- Отражение Беатриче
- Страсти по Юрию

СЕМЕЙНАЯ САГА:

- Барышня
- Холод черемухи
- Мы простимся на мосту

ИРИНА
МУРАВЬЁВА

СУСАННА И СТАРЦЫ

МОСКВА
2012

УДК 82-3
ББК 84(2Рос-Рус)6-4
М 91

Художественное оформление серии *Виталия Еклериса*

Муравьева И.

М 91 Сусанна и старцы : повести, рассказы / Ирина Муравьева. — М. : Эксмо, 2012. — 320 с. — (Высокий стиль. Проза И. Муравьевой).

ISBN 978-5-699-57913-6

Почти каждый рассказ в сборнике Ирины Муравьевой озаглавлен какой-нибудь узнаваемой формулой из мирового культурного пантеона. Общий смысл таких заглавных перекличек укладывается в короткую формулу: всё уже было! На все нынешние варианты можно найти аналогии в тысячелетней истории культуры. Было, было, было! Ничто не меняется в психологии человека. Хотя признаки вечных недугов каждый раз вроде бы новые. Цепочка рассказов «с любовными сюжетами» есть не что иное, как экспертиза — проба душевного состояния современных людей, обрушивающихся в столь естественное состояние, как любовь.

Из предисловия Льва Аннинского

УДК 82-3
ББК 84(2Рос-Рус)6-4

ISBN 978-5-699-57913-6

Лев Аннинский

СМЕРТЕЛЬНЫЙ НОМЕР

КОНТАКТ ЕСТЕСТВЕННОГО И ЧЕЛОВЕЧЕСКОГО

Нашелся ведь орган печати, который вынес о прозе Ирины Муравьевой суждение, несколько гламурное, но неотразимое по прикладной меткости, — газета *«Московский комсомолец»*.

Суждение такое:

«В изображении любви у автора мало отыщется конкурентов».

Одного из конкурентов я все же отыщу — в толще времен, поглотивших его капитальные открытия: Карл Маркс.

Вот его суждение:

«Отношение мужчины к женщине есть естественнейшее отношение человека к человеку. Поэтому в нем обнаруживается, в какой мере естественное поведение человека стало человеческим или в какой мере человеческая сущность стала для него естественной...»

Чтобы почувствовать этот сцеп естества и человечности, вовсе не обязательно выделять у Муравьевой какие-то специальные тексты о любви — этот сцеп проходит у нее через все тексты: естество со страхом глядит в глаза смерти, человечность пытается со страхом смерти совладать: встреча страха с бесстрашием происходит в точке любви... Но все-таки эту точку контакта, эту линию фронта, эту тему для размышлений есть смысл как-то обособить от прочих текстов Ирины Муравьевой, а среди прочих, как-никак, пять законченных романов и шестой начатый (на три книги рассчитанный), да еще полдюжины сборников повестей и рассказов — раздолье для критика, который захочет обозреть весь ее творческий путь, да и жизненный тоже: от первых студенческих триумфов на филфаке Московском университета до эмиграции в американский Бостон в 1985 году и от первых публикаций (там же, в Бостоне) к почетному месту в антологии «лучших современных писательниц мира»...

— ...Почему писатель-НИЦ? — наверное, переспросит она. — Моя проза отнюдь не «женская».

Да, так. Столь же мужская, сколь и женская. Со вкусом к охвату реальности «вширь». А сужаю я ее опыты до «любовной» цепочки — чтобы быстрей добраться до результатов экспертизы.

Что остается за кадром?

Роман «Веселые ребята» — о московских школьных годах, совпавших с оттепельными 60-ми. «Самый любимый роман». Готовность к любви, вынесенная из детства, подвергается смертельной опасности в ситуации кошмара и насилия. Или так: детство, переполненное любовью, спасает душу, беззащитную перед жестокостью жизни.

Роман «Любовь фрау Клейст». Действие происходит и в Америке, и в России, и в Германии. Душа, растворенная в «больших пространствах», летает над границами, обнажая человеческую драму в столь естественном деле, как любовь: каждая попытка любить пресекается смертью избранника, и эта безнадега сопровождает героиню до старости.

Роман «День ангела», слишком недавний, чтобы угадывать его роль в судьбе писательницы... как и роман «Барышня», вернее, не роман, а первая часть задуманной эпопеи, где судьба семьи будет прослежена от истоков (1914 год) до середины 60-х годов непоправимого XX века.

В этом контексте цепочка рассказов «с любовными сюжетами» есть не что иное, как экспертиза — проба душевного состояния современных людей, обрушивающихся в столь естественное состояние, как любовь.

Вопрос: почему экспертиза так фатально указывает на смертельный исход?

Повесть «Мещанин во дворянстве» (отсыл к мольеровской комедии, четвертый век маячащей в умах читателей и зрителей, неслучаен: такой отсыл — коронный прием Муравьевой), рассказывает о современной жизни москвичей, добившихся приличного статуса, и приезжих, отчаянно пробивавшихся к столичной прописке («со всеми было переговорено, выпито коньяку, похлопано по плечу, пошучено, прошено»), а главное — отчаянно пытающихся обрести силы в любви.

И что же? Вместо обретения сил — опустошение сил. Беспричинные слезы. Кровавый отсвет на любом красном предмете (вроде ковровой дорожки). Если у старших есть еще иллюзия семейного счастья и вообще надежда на лучшее будущее (главный герой — из депортированных поляков обреченного военного поколения — хорошо еще, не добили в Гулаге — отделался лесоповалом), то у взрослеющих детей в мирное время наплевательская бесшабашность в брачном вопросе («надоест — разведусь!»), переходящая в ощущение непрерывной тошноты при общении с очередным любовным партнером.

А когда вранье и измены у главного героя

кончаются и любовь, дававшая ему силы, может, наконец, осуществиться без помех, — обнаруживается на месте любви такая пустота, что не знаешь, что думать: то ли опустошена душа от ужаса жизни, то ли ужас пустоты был в душе изначально, а любовь только обнаружила: там, в сокровении, ничего нет.

Куда уж господину Журдэну, обучившемуся шаркать ножкой во дворянском обществе, до московского профессора, нашедшего усладу сердца «на стороне» (в Калуге) и изолгавшегося ради этого перед женой! В конце концов он получает возлюбленную в свои законные объятья, чтобы почувствовать, что это и есть конец всего. И умирает.

Следующая влюбленная пара в экспертизе Муравьевой — «Филемон и Бавкида».

Когда обнаруживаешь, что перед тобой пара, дожившая до кряхтящей старости и не распавшаяся на ветрах ураганной эпохи, — думаешь: а может, тут подошли бы скорее гоголевские «Старосветские помещики»... Но всматриваясь в облик этой неопрятной, тошнотворной, обиженной и озлобившейся старости, понимаешь, что Афанасий Иванович и Пульхерия Ивановна тут решительно не при чем. Ничего благостного нет, да и не было никогда в жизни этих героев Гулага, один из которых лютовал в должности начальника женского лагеря, а другая всю жизнь шла за ним, «как лошадь за хозяином». И осталась у них от их жизни только ненависть ко всем да помешательство на почве страха, который они смолоду нагоняли на других, а в дряхлости ждут от других того же.

Вот такие Филемон и Бавкида выварены в аду лагерной эпохи, и потому лучше, не тревожа Гоголя, сразу изъять их из фригийской легендарности зевесовых времен, где они прославились гостеприимством, прожили вместе долгие годы и умерли в один день, и опрокинуть их в наш XX век, вывернув все наизнанку.

— Удавлю своими руками! — орет благоверный.

Благоверная посмеивается: мужчины — они все такие. Только бы покуражиться. И тайная мысль: «Я его сама и закопаю». Что и остается у вас в сознании от этой истории.

После такого кошмара «Сон в летнюю ночь» кажется нырком из ада в рай. Хотя и Шекспир с его дикими «лесными» страстями достаточно далек от страстей и томлений трамвайной пассажирки, которая собиралась наменять мелочи на билет у случайного попутчика, а потом пошла к нему домой, «сняла пальто и, как была в зимних сапогах и вязаной шапочке, покорно легла на диван».

«Она хотела замуж, но еще больше хотела влюбиться».

По ходу смены стран пребывания героиня меняет звучание своего имени: Роза становится Роуз, потом — Рэйчел, но фатальным образом сохраняется в ее душе (и поведении) «что-то вроде любви, а главное — страсти»: в новую постель (на новый диван) она каждый раз ложится из любопытства, кончается же это дело тошнотой, независимо от того, кто партнер: Майкл или Олег — невелика разница! «От обоих тошнит... О-о-о-о, боже мой! Тему-ури! Да убери ты руки!»

Тошнит ее от всех одинаково, но насколько партнеры не схожи, Муравьева знает хорошо и прописывает их силуэты уверенным, твердым и, я бы сказал, увлеченным пером. С особым упором на два типа. Один — черный, брюнетистый. Требовательный: «Я на тэбэ нэ жэнюсь. Мнэ нужэн чистый снег. А ты нэ чистый, по тэбэ уже ходылы». Другой — светлорусый — покладистый, раззявистый, не соображающий, от него ли ребенок, и все прощающий неутомимой героине. А она и на старости лет пытается сделать себе «подтяжку», чтобы сохранить лицо для новой страсти, похожей на «что-то вроде любви».

Любопытнейшая экспертиза выходит у писательницы, вглядывающейся в подтянутое лицо героини, чья судьба определилась уже не военным временем с его гибельным жребием и не гулаговским режимом с его орущими надзирателями: читая жизнеописание Розы-Роуз-Рэйчел, думаешь: вот уж у кого жизнь — как сон в летнюю ночь, а если без Шекспира, если сказать грубо по-русски, — так не с жиру ли бесится эта счастливица эпохи массового потребления?

Что же там на дне ее души, в основе психологии, в базисе мирочувствования?

Лень — беспросветная, обнаружившаяся еще в школьные, советские, московские годы. Родители, чтобы заработать, отъезжают за границу и строят там железную дорогу, а оставленная ими на попечение бабки девочка Роза «не хочет просыпаться и идти в школу», так что бабка, разозлившись, с размаху опрокидывает на нее кастрюлю зимней воды, набранной из-под крана, чтобы пробудить внучку к деятельности и прервать этот праздник лени, этот эротический иллюзион, этот... сон в летнюю ночь.

До чего доходит в новую эпоху такой сон (сон разума, сказали бы философы), Муравьева демонстрирует в рассказе «Сусанна и старцы».

Опять-таки, чтобы соотнести рассказ Муравьевой с этим библейским заглавием, вовсе не надо лезть в Книгу Даниила, где рассказано о клевете двух престарелых сладострастников, которые попробовали соблазнить красавицу Сусанну, а получив от нее отпор, попытались ее оклеветать.

Еще меньше скажут полотна живописцев, обожавших этот сюжет во все времена (от незабываемых Веронезе и Рембрандта до нынешних Василия Шульженко и Виктора Калинина). Художники еще и побольше, чем историки, скажут о том, что можно извлечь из «вечного» сюжета: Средневековье извлекало посрамление клеветников, Ренессанс — любование обнаженным женским телом, наше время — карикатурное вожделение мордоворотов и беззащитность жертвы.

Ничего такого искать у Муравьевой не надо. Ей важен сам факт переклички сюжета с какой-нибудь литературной бесспорностью. Неважно, с какой. Почти каждый ее рассказ озаглавлен какой-нибудь узнаваемой формулой из мирового культурного пантеона. Это делает честь университетской (московской еще) подкованности автора, но общий смысл таких заглавных перекличек, на мой взгляд, укладывается в короткую формулу: все уже было! На все нынешние варианты можно найти аналогии в тысячелетней истории культуры. Было, было,

было! Ничто не меняется в психологии людей. Хотя признаки вечных недугов каждый раз вроде бы новые.

Дикие российские курортники позднесоветского разлива, хлынувшие в западноевропейские здравницы, реагируют на хорошенькую горничную. «Невзначай дотронуться до локтя или талии». Естественно.

Узнав, что у горничной осталась в Киеве больная дочка, прижитая от летуна-американца, который укрылся в Штатах и отказывается этой дочери помогать, наши мужики реагируют на подлость этого американца не менее естественно: «Ах ты, подлец, ах ты, сучара, попался бы ты мне под Сталинградом...»

Но когда надо собрать для несчастной горничной некоторую сумму денег (на лечение дочки) — эти же мужики, а прежде всего их рачительные жены, реагируют не просто возмущенным отказом (нагуляла, а мы оплачивай!), но таким мордобоем, в котором не избежать смертельного исхода.

Где любовь, там и смерть, не так ли?

Где человеческий расчет, там естество подождет, правда?

Рассказ грубоват, несколько прямолинеен по сюжетной расстановке (что не характерно для

Муравьевой, обычно плетущей сюжетное кружево уверенными стежками «недосказа»). Но экспертиза хороша!

Следующий рассказ цикла, напротив, тонок по мотивировкам и леденяще необычен про фактуре, так что для названия его не нашлось классической аналогии... «Река смерти» (не та ли, что течет в романе Маклина?). А «Неделя из жизни Дорес» лучше? (у Цвейга побольше: 24 часа...).

Я бы предположил «Спящую красавицу». Царевну ту можно было поцелуем вернуть к жизни, а героиню рассказа Муравьевой только и можно вернуть смерти.

Так к смерти и в прошлые эпохи все вело из тупика любви! Можно было угодить под пулю на дуэли, можно было пустить себе пулю в лоб, можно было умереть от разрыва сердца, когда останавливалось сердце любимой... Выход был рядом, и выход единственный.

Но медицина изощренной современности находит другой выход. Просто надо подключить умирающий организм к клеммам искусственной жизнедеятельности. Запустить сердце снова. Правда, мозг уже не восстановится в полной мере. И красавица будет лежать тихо-тихо, то ли узнавая, то ли не узнавая любимого человека, который год за годом оплачивает ее пребывание в хосписе, и навещает ее, и не позволяет отключить клеммы искусственного жизнеподобия. Удерживает ее на этом свете из одной любви.

Так вот вопрос: эта любовь — искусственная или естественная? Кровавый XX век изощрился в истреблении людей. К началу XXI века человечество отпятилось от призрака мировой войны и научилось обеспечивать себе мирное существование. И в этом мирном существовании (сосуществовании) вдруг стали обнаруживаться такие проблемы, до которых разум раньше просто не доходил.

Есть ли смысл в бытии, которому ничто не угрожает? Есть ли цель в жизни, у которой нет цели, потому что все цели достигнуты? Есть ли любовь, если нет ничего, ради чего она существовала все прежние тысячелетия?

Ирина Муравьева в своей экспертизе доходит до самой безнадежной точки диагноза. В самом деле: что это за любовь, если она не подкреплена ни эросом, ни интеллектом, ни памятью, ни надеждой, если женщина уже «не контролирует себя даже в смысле гигиены», если нет ничего, кроме безнадеги едва теплящейся жизни, а есть одна только любовь, любовь в чистом виде, любовь как таковая, любовь... в пустоте?

Тут разрядом тока прибивает мое читательское сознание аналогия: когда «мещанин во дворянстве» заполучил в свои руки калужскую возлюбленную, которой так добивался, — что он почувствовал?

Пустоту...

Так эта пустота и взята на предметное стекло в описании «жизни Дорес»?

Страшный диагноз. Как ему противостоять? Противопоставить абсурд абсурду? Чем больше цивилизация потребления вымывает опоры из-под естественного осуществления любви, тем упрямее надо удерживать чисто человеческое ее осуществление: без всяких «обоснований», без всяких доводов «со стороны», без подпорок в виде секса, интеллекта, бытового устроения — любить просто потому, что любишь эту: это существо, эту душу, эту судьбу.

Да осуществимо ли такое?

Хочется оглянуться в поисках опоры. И не в библейских далях поискать, а поближе к нашим палестинам, к нашим осинам, к нашим трем соснам, к нашему блаженному всепониманию, пусть даже со стороны оно и кажется «идиотским».

Да к Достоевскому же!

Мистификация Муравьевой, будто бы нашедшей в американских архивах пропущенные главы из «Идиота», исполнена была с такой стилистической корректностью, что все в это дело поверили, никто подвоха не заметил, так что пришлось Муравьевой в последовавших переизданиях рассказа «Неизданный Достоевский» объяснить свой провокационный замысел, — что опять-таки делает честь ее профессионализму (начинала как литературовед еще в Москве, хотя доктором русской филологии стала в Гарварде).

Вот пусть литературоведы, специалисты по Достоевскому, возьмут на себя труд проанализировать мотивы, в которых имитация сопрягается (или не сопрягается) с оригиналом. Моя задача скромнее. Извлечь из «имитации» все то же: экспертизу души современного человека, припадающего к Достоевскому в попытке понять, есть ли на свете любовь.

У Достоевского в тех главах, в строй которых Муравьева вписывает свою «имитацию», нет прямого ответа. У Достоевского в сущности — отказ от прямого ответа. Способность любить оставлена князю Мышкину именно как «идиоту», поступки которого по нормальной логике необъяснимы:

«– Как же? Стало быть, обеих хотите любить?

— О, да, да!

— Помилуйте, князь, что вы говорите, опомнитесь!»

И дальше — с точки зрения здравого смысла:

«– Ха-ха! И как это любить двух? Двумя разными любвями какими-нибудь? Это интересно... бедный идиот! И что с ним будет теперь?»

А на прощанье — от имени швейцарского медика: тот махнул бы рукой и сказал бы то же самое: «Идиот!»

Эта экспертиза — в романе Достоевского.

В рассказе Муравьевой — тоже экспертиза. Но не по части «любви» князя, о которой только и можно сказать: «Ха-ха!» — и махнуть рукой, а по части чувств того реального русского мужика по фамилии Рогожин, который Настасью Филипповну так полюбил, что из любви и угробил.

То, что он в ней любил и за что угробил, — как раз и прописано у Муравьевой в характере и поведении Настасьи Филипповны.

«– А я ведь тебя, князь, не люблю. И Рогожина не люблю. Никого не люблю. Прочь уходите. Ха-ха-ха!.. Ты, Парфен Семенович, никак со мной в одну кровать улечься задумал?... Ну, давай, купец, подходи ближе, не робей! Я ведь подлая, со мной просто можно!..»

Чуть позже:

«– Поди прочь, — громко и почти спокойно сказала она. — Я с лакеями дел не имею. Найди себе купчиху под стать. Или прачку какую. С ней и забавляйся».

И еще чуть позже:

«– Ой, а что пахнет-то от тебя как? Давай уж, Парфен Семеныч, я тебе из кувшина полью, или лучше, знаешь что, возьми у меня, в мешочке там, флакон с золотой крышечкой, руки хоть спрысни!

Этого Рогожин не вынес»...

Ну, понятно. Этого и вся Россия не вынесла — обрушилась в бунт, бессмысленный и беспощадный. Среагировала на утонченное барское хамство, принятое по отношению к вонючему быдлу.

Но интересно: это дворянское высокомерие полуторавековой давности, хорошо объясняющее российскую историю (и хорошо ею подтвержденное), — может ли что-то объяснить в современной русской реальности?

«Что-то» — может. В той степени, в какой нынешние «олигархи» рогожинского закала прожигают жизнь на заграничных курортах, в том числе и по рецептам классики. Или уж скорее дети этих олигархов, «золотая молодежь», почувствовавшая «возможности», — когда эти «возможности» реализуются не в университетах, а в кабаках. Так что в какой-то степени Парфен Рогожин моделирует нынешний стиль жизни богатеев, а Настасья Филипповна — ухватки нынешних ее наследниц. «Ты меня по щекам хлестал, играми своими в ночах распалял, несмышленую! Вот она, какова я теперь, сама себе барыня!»

Неужто так и впишется в эту барско-лакейскую стилистику нынешняя российская культурная элита? Да и нынешний российский бизнес-класс? И вообще Россия, из режима тотальности кинувшаяся в разгул вседозволенности?

Чувствует ли Ирина Муравьева эту новую реальность?

Чувствует.

И моделирует ее в блестящем очерке, венчающем цикл, — название очерка, как и положено, взято из литературных легенд: «Ананасы в шампанском».

Тут описана встреча артистов театра «Современник» и посетителей Клуба московских бизнесменов на заре перестройки, в 1992 году. Опьяневшие от открывшихся «возможностей» хозяева угощают (ананасами в шампанском) опьяневших от дармового угощения гостей — любимцев публики.

Со стороны элиты финансовой следует великодушное приглашение в таком стиле:

— Можно вместе и на Флориду слетать. А? Погреться на солнышке-то? Подзагоришь, посвежеешь...

Со стороны элиты культурной отказа нет:

— Дорогие, милые, хорошие бизнесмены! Вы — наша надежда, вы — наша гордость! Помогите нам! Посмотрите на нас! Мы умные, мы талантливые, мы добрые, очень красивые! Помогите нам! Нам так хочется работать! Мы столько можем! Я мечтаю сыграть в фильме по роману Достоевского! У нас есть блестящие сценарии, замечательные идеи! Помогите нам! Посмотрите на нас! Слушайте, надо же держаться вместе! Отчего вы не хотите нам помочь?

Все это сошло бы за нормальную меткую зарисовку нравов, если бы не мощная метафорическая инерция, пронизывающая весь цикл рассказов Муравьевой. Это не просто фуршет с капустником. Это — брачный проект, моделируемый по художественным законам метафоры, — союз, на который жених соглашается из честолюбия, смешанного с жалостью, а невеста — из расчета, смешанного с артистично-скрытым презрением неимущей элиты к денежным мешкам.

Можно сказать, что с одной стороны тут топырится неукротимая естественность, с другой же стороны растопыривается неистребимая человечность.

Эх, Маркса на них нету...

Но есть Ирина Муравьева, с ее женской проницательностью и мужским поставом пера.

МЕЩАНИН ВО ДВОРЯНСТВЕ

1

Летом в подъезде пахло ванилью, зимой — мокрым мехом. Теплым собачьим мехом, потому что в доме было много собак, их водили гулять, приводили обратно, мокрых, с грязными лапами. Старая лифтерша укоризненно качала головой, вязальные спицы в узловатых пальцах останавливались: «Да куда ж вы его, заляпанного! Он же вам все паркеты попортит!» Или: «Да спустите вы эту лахудру с рук! Смотрите, что она вам с воротником сделала!» Но ответы чистоплотная лифтерша получала всегда вежливые, улыбчивые, и любимая грязная собака тихо входила в лифт за своим хозяином — то каким-нибудь крепким мужчиной с седеющими висками, в добротной дубленке, то молодым костлявым человеком в больших очках, в яркой, со множеством ненужных карманов куртке, то мягко взмывала вверх в зеркальной кабинке, крепко прижимаемая к груди немолодой дамы, уткнувшей подкрашенные губы в мокрую собачью шерсть. Лифтерша же, вновь принимаясь за вязание, только усмехалась на баловство. Но баловство было свое, родное, и все в этом доме, где она, старая, с узловатыми пальцами, день-деньской сидела на стуле и вязала носки, было таким родным, милым сердцу, что сердце это с радостной привычкой отзывалось на всякое хлопанье двери лифта, откуда выходили, не торопясь, располневшие мужчины в ондатровых шапках, выбегали их дети, поступившие в МГИМО и в иняз, неизменно вежливые, воспитанные, весело бросающие ей на бегу: «Привет, баб Тонь!», а попозже, часам так к одиннадцати, задерживались у ее стула на пару фраз когда-то красивые, старательно припудренные, с набухшими мешочками под озабоченными глазами женщины, вкусно пахнущие питательными кремами, давно не работающие и горько ревнующие своих располневших, чисто выбритых, в добротных дубленках мужей...

Такой вот был дом, большой светло-желтый дом на Беговой, где жили и добра наживали в устойчивое время задорных КВНов и аксеновских «Коллег» художники, композиторы и писатели — все из благополучных, из достигших, — каждый из которых имел по ондатровой шапке, ревнивой, быстро стареющей жене, сыну или дочке в модных курточках, а иногда — если уж очень душа требовала — обзаводился еще и собакой, тут же вступающей в соревнование за чистоту породы и смекалку с другими собаками и радующей хозяина успехами в воскресной собачьей школе.

Он долго добивался: звонил, обивал пороги, делал подарки, пока не попал наконец в этот кооператив. А когда задуманное сбылось и они въехали в трехкомнатную, с огромным холлом квартиру, в нем поселились счастливая уверенность в себе и какая-то почти гордость, словно он не просто поменял место жительства, а совершил серьезный поступок, в будущем обещающий улучшить всю его жизнь. И жизнь действительно начала улучшаться.

За спиной еще саднило и похрипывало мертвое молодое прошлое, в котором он был не он, теперешний Михаил Яковлевич Дольский, старший преподаватель института иностранных языков, а бедный паренек из польского местечка, ветром войны и беды занесенный в чужую снежную Россию, где он с трудом осиливал неповоротливый русский язык, работал на лесоповале, воровал лук у хозяйки, огромной, с лиловыми щеками старухи-сибирячки. Сизые луковые связки она развешивала в чулане, где он снимал отгороженный занавеской угол.

Все это возвращалось к нему во сне и наплывало, наваливалось: лесоповал, мама в черной косынке на седых, неподколотых косах, сгорбленный дед со страдальческими провалами глаз, старуха-сибирячка... Декабрь сорок четвертого... Ему, конечно, повезло. Не лагерь, а всего лишь лесоповал, и за полтора года на фронте ни одного ранения. Но, Господи! Ведь это же не просто так повезло ему, а потому что он — ни на секунду не забывая об этом — хотел, чтобы повезло, мысленно неустанно требовал этого. Выжить, выкарабкаться, спастись, не исчезнуть с этой холодной, скрипящей под снегом земли, на которой уже убили его седокосую маму с желтой звездой на кофте и умер своей собственной, быстрой и милосердной смертью не дошептавший молитвы дед, а ему, Михелю, остались эти ледяные сугробы, по которым вяло плелась из деревни в город Томск заплаканная лошаденка, униженно выпрошенная у однорукого председателя, потому что иначе никак было не попасть в прокуренное здание Томского désинститута, который он заочно заканчивал.

От этих дней сохранилась ходячая шутка его друзей: «Миша, скажи: «Белая лошадка шла-шла и упала!», и он, посмеиваясь, отвечал: «Бевая вошадка шва-шва и упава...» Крепко впилось в осиленный русский его польское «л», звучащее как «в», и никакими силами не менялось. «Шва-шва и упава...»

А Люда, жена, была из хорошей московской семьи: отец — скорняк, мать — закройщица. В квартире стояла дубовая мебель и было даже пианино с хрустальными подсвечниками, измученное гаммами усидчивой Людочки, на которую не жалели денег. Он давал тогда частные уроки немецкого языка, но не прошло и месяца, как не бедным репетитором, а счастливым женихом стал он приходить в этот дом, где всегда поили чаем со вкусными бутербродами, и отец-скорняк, усталый, с бегающими глазами и шишковатым лбом, был выше всяких предрассудков, так и сказав однажды за обедом: «Полюбила еврея — выходи! Мы с матерью не против!» А мать, испуганная, с маленьким птичьим подбородком и сухими розоватыми колечками волос на лбу, только покраснела вишневыми пятнами и согласно закивала. Перед самой свадьбой отец завел его в тесную комнату, где сушились на специальных досках распятые зверьки с мертвыми бусинками глаз и пахло старой кровью, крепко взял за локоть и прошептал: «Гляди, Миша, приданое тебе покажу!» И действительно показал;

развернул на толстой, тоже вдруг запахшей кровью ладони синюю тряпицу, в которой засверкали сапфировое колье, большая рубиновая брошь и несколько колец с крупными бриллиантами.

Все это не имело для него большого значения — Люда была хороша и без приданого. Так же, как отец, она имела склонность к полноте, но по молодости полнота эта была какой-то воздушной, как взбитый с сахаром белок, и, когда он обнимал ее прохладное тело в легком крепдешиновом платье, вся она казалась ему сладкой, словно в эту белизну и впрямь добавили немного сахару. Свадьбу сыграли летом, веселую и шумную. С Людиной стороны было много нарядных родственников, а с его стороны никого, кроме моего отца, тоже еще совсем молодого, с испуганным взглядом и тонкими усиками, делающими его похожим на хрупких альбомных героев начала века. В перерывах между тостами и танцами они негромко разговаривали между собой по-немецки, и отец по-прежнему называл его «Михель», потому что знал, что Мишами в этой стране зовут еще и медведей.

Прошлое наплывало, наваливалось в ночных кошмарах, от которых он, веселый, жизнерадостный человек, просыпался в холодном поту и долго не мог прийти в себя, недоуменно разглядывая стеганый будуар, который сам же соорудил, перегородив центральную большую комнату так, что получилось две: розовая, Людина, ночью служившая им спальней, и голубая, Маришина, в которой подрастала, вытягиваясь в кокетливую, с темным материнским взглядом и хрипловатым низким голосом, дочка. Только ночь воровски, украдкой, пользуясь его крепким сном, его слабостью, возвращала вдруг ту беду, ту притаившуюся смерть, которой он избежал, перехитрил, не поддался...

Но теперь этот уют, эта новая квартира говорили ему о том, что он справился, все в порядке. Людина большая голова в розовых бигуди на фоне медленно светлеющей розовой стены, и виднеющиеся в приоткрытой двери спальни антикварные часы на стене, и кусок только что купленной прекрасной картины неизвестного художника («Портрет девушки на балконе») — все это успокаивало его, ободряло, обнадеживало. Студенты за глаза дразнили его Живчиком, а моя бабушка, с которой он, сияя и путая падежи, делился тем, какой у него скоро будет великолепный камин в холле, с помощью бамбуковой занавески уже превращенном в пятую по счету комнату, моя лукавая и знающая, как и с кем можно шутить, бабушка в глаза называла его «мещанином во дворянстве», на что он ничуть не обижался, а весело смеялся и целовал руку.

Жизнь сбывалась, полнела, тучнела, наливалась каким-то жирным вкусным соком. В квартире из пяти комнат появилось много картин и камин, правда не настоящий, но очень похожий, с открытой черно-мраморной пастью, где в беспорядке лежали глянцевые березовые поленья на темно-красной папиросной бумаге, под которой как-то хитро были спрятаны маленькие лампочки, так что, когда вечером зажигали их, создавалось полное впечатление ровного пламени, лижущего березовые бока.

Помню, как мы с отцом приходили к ним в гости. Считалось, что, несмотря на двухлетнюю разницу, я могу замечательно дружить с Маришей. Под антикварными часами накрывали стол, шумные, мстительно накрашенные женщины рассматривали в будуаре новые Людины «шмотки», мужчины располагались в кабинете, где на крытом зеленым сукном письменном столе стояла лысая античная голова с презрительно поджатыми тонкими губами, а на простеганной кожей стене висели четыре новенькие ракетки для только что вошедшей в моду игры «бадминтон». Курить выходили на светлую лестничную площадку, что-то вроде небольшого, уютного, общего для четырех квартир зала, где был пинг-понговый стол. Там эти полнеющие, с седыми висками гости, закатав рукава нейлоновых рубашек, резались на счет, пока хрипловатый, тянущийся сквозь сигаретный дым Людин голос не прерывал: «Мужчины, к столу!» Детей кормили в Маришиной комнате. Без конца звонил телефон, и Мариша, прикрыв трубку перламутровыми ноготками, ворковала в нее нестерпимо долго и ласково, не обращая на меня ни малейшего внимания, потом вдруг замолкала надолго и произносила резко и хрипловато, как мать: «Ты сам виноват!» Или: «Я не могу. У нас гости». Правда, после этого она нередко исчезала, бросив мне на ходу: «Сейчас вернусь, только выгуляю собаку!» Торопливо надевала крашенную под леопарда цигейковую шубку, застегивала красный ошейник на морщинистой шее огромного дымчатого дога и не возвращалась подолгу, так что иногда мы, уже уходя, заставали ее, румяную, припорошенную снегом, томную, в тот момент, когда она прощалась с очередным мальчиком в вестибюле. Мальчик взволнованно басил, теребя ее освобожденные от перчаток перламутровые пальчики, морщинистый дог покорно сидел рядом, а старая лифтерша, снисходительно крутя головой, вязала носки.

Однажды нас пригласили на музыкальный вечер. Вообще в этот дом часто приглашали на «кого-нибудь» или «что-нибудь», но моя память отчетливо сохранила только одно из таких приглашений. Должен был петь бывший аккомпаниатор Вертинского, оказавшийся родственником какого-то знакомого. Помню, как долго сидели за столом и хохотали над анекдотами, потом Люда низким голосом вставила, что самое главное для них с Мишей — это квартира, потом «шмотки», а потом уж еда, на что гости с полными ртами одобрительно поддержали ее, заметив только, что так, как она угощает, мало кто и умеет. Аккомпаниатор Вертинского налегал на коньяк и щурился. Наконец зажгли каминное пламя, знаменитость села за пианино, дог растянулся на ковре, и теплая голубая слюна потекла из его страдальчески опустившегося рта. Люда еще прикрикнула: «Мужчины, тихо!», и полные, с седеющими висками на полуслове оборвали разговор и притихли... Как мне показалось тогда, аккомпаниатор, похоронив своего знаменитого партнера, утвердился в мысли, что теперь он сам и есть Вертинский, потому что пел точно так же, как он, так же грассировал, а исполняя знаменитую песню «Ты не плачь, не плачь, моя красавица!», вдруг раскатился на последней фразе тем же неожиданным львиным рыком, которым раскатывается на пластинке покойный маэстро.

И так шли дни, заполняясь вещами, людьми, заботами. Зарастали плотным однообразием, удачными встречами, веселыми застольями. Правда, были и свои трудности, но он преодолевал их, потому что всякую жизнь любил до одурения, не позволял себе ни хандрить, ни тем более мучиться, и если бы надо было, опять согласился бы пройти все с самого начала: и войну, и лесоповал, и ледяной чулан с сизыми луковыми связками... Трудности же в основном касались следующего: прохладная воздушная белизна, казавшаяся прежде сладкой, стала теплым, обвисшим и до скуки знакомым телом, уже не привлекавшим и не радовавшим его, а, напротив, вызывавшим самые тоскливые мысли, когда он, лежа вечером под розовым одеялом, отрывал глаза от книги и видел, как в старинном зеркале отражаются ленивые движения его сидящей на розовом пуфе жены, которая, зевая и показывая темные пломбы, освобождалась от лифчика, и, уставшие от дневной несвободы, опускались на большой живот тяжелые груди с серыми сосками, а руки, поднятые к затылку и вынимающие шпильки из прически, вздрагивали избытком творожистой мякоти. Та же творожистая мякоть была в ее коротких ногах, когда она без юбки и комбинации, в одних шелковых трусах, приподнималась с пуфа и, приблизив к зеркалу лицо, ваткой снимала с век остатки зеленоватой косметики.

Надо было вести себя так, чтобы она, подурневшая Люда, не замечала его нелюбви и не подозревала измен. А измены случались, и часто, потому что, несмотря на невысокий рост и лысеющую голову, он нравился женщинам, они откликались на его ласковость и легкость, на эту непривычную в России польскую галантность, с которой он, например, подносил к задрожавшим губам женскую руку или подавал пальто осторожным и настойчивым движением. Но Люда чувствовала измены, угадывала их, и часто, вернувшись домой, он заставал ее неспящей, с зажатой во рту сигаретой, и тогда надо было отвратительно лгать, изворачиваться, унижаться.

— Ты где был? — хрипло спрашивала она, и ноздри ее короткого носа раздувались, покрываясь бисером пота.

Мерно били антикварные часы. Античная голова на столе, поджав мраморные губы, прислушивалась к нарастающему скандалу.

— Я же звонил тебе и предупредил, что буду поздно! Я же, кажется, все объяснил!

Рот ее беспомощно раскрывался, сигарета прыгала в пальцах.

— Он мне объяснил! А кто тебе верит? Опять валялся с какой-то дрянью!

— Хватит! — огрызался он, но негромко, чтобы не разбудить Маришу.

— Ха! — выдыхала Люда, зажимая ладонями красные пятна на шее. — Я засну после такого вечера? О ком ты думаешь, кроме себя? Только одно на уме! Но я этого так терпеть не буду! Ты у меня, миленький, вверх тормашками полетишь!

Морщась, как от зубной боли, он стелил себе в кабинете, но Люда шла за ним, застывала над его изголовьем, и хриплые угрозы продолжались, халат распахивался, обнажая молочно-белые колени и живот, перепоясанный рубцом от резинки шелковых панталон.

После ночи, проведенной на жестком диване под взглядом античной головы, он просыпался невыспавшимся, раздраженным, вяло шел в кухню, слышал плеск воды за дверью ванной — дочка торопилась в школу, — варил себе кофе, делал бутерброд для Мариши, вспоминал, какие у него сегодня лекции, во сколько назначено заседание кафедры, и постепенно налаженное благополучие возвращалось. Музыкально шелестела бамбуковая занавеска, пропуская сквозь себя звонко зевающего дымчатого дога, хлопала дверь ванной, из которой выскакивала темноглазая грациозная девочка с перламутровыми ноготками, кофе вкусно пах, за окном разгоралась сухая солнечная весна, женщина, с которой он провел вчерашний вечер, обещала в одиннадцать позвонить ему на работу. Налаживалось, успокаивалось, светлело, и вскоре даже мрачный вид вышедшей из розового полумрака жены переставал удручать и раздражать его, и надо было только сказать ей, бледной, с убитыми глазами Люде, что-нибудь незначительное, спокойное, дружелюбное, что (и он знал это заранее!) она тут же с готовностью подхватит, примет, и эта готовность подтвердит ему, что жизнь их продолжается и будет в ней все то же самое: хлопоты по поводу любимой квартиры, туристическая путевка в Венгрию, Маришино поступление в институт, шумные поездки большой компанией с шашлыками и вольными шутками, стук пинг-понгового шарика, гости, работа, застолья, и где-то в самой глубине этого ежедневного месива, этого жирного вкусного варева останется ему огненный комочек запретных радостей и терпких волнений, которые опять вызовут безобразный домашний скандал, красные пятна на Людиной шее, скверное настроение после проведенной на жестком диване ночи. Но пусть все будет так, как есть, пусть будет.

Меньше всего ему хотелось тащиться в эту командировку. Конференция в Калужском пединституте. На три дня. Слушать глупые доклады, жить в провинциальной гостинице. Но отвертеться не удалось, и тогда он решил поехать на машине: все-таки приятней, чем трястись в электричке. В столовой пединститута пахло тушеной капустой. Он сильно проголодался и взял себе два вторых: капусту с сосисками и котлету с гречневой кашей. Потом неожиданно соблазнился борщом. Осторожно продвигаясь с заставленным подносом, отыскал глазами свободный стул и уверенно двинулся туда, к самому окну, за которым зеленели первые острые листья.

Так она и появилась среди листьев и серого неба. На ней была кофточка в тон небу, пушистая, с короткими рукавами. В открытом окне прямо над ее плечами висело старое огромное дерево и чуть повыше плыло разорванное пополам облако. Он видел сначала только пустой стул — цель его продвижения по гудящему и звякающему посудой пространству столовой, потом это дерево, осененное первыми листьями, потом разорванное пополам облако. И только подойдя совсем близко, увидел ее. Руки, плечи в пушистом и сером и, наконец, лицо, вспыхнувшее от его взгляда.

— Не занято? — спросил он.

Она отрицательно покачала головой. Он осторожно поставил тяжелый поднос и начал освобождать его от дымящихся тарелок. Почему-то ему стало неловко, вдруг захотелось исчезнуть, пальцы не слушались. Не понимая, что с ним происходит, он поднял глаза и прямо встретился с ее выпуклыми голубыми глазами. На тонкой переносице темнела маленькая родинка, до которой ему сразу захотелось дотронуться. Она казалась какой-то бархатной, шелковистой и странно украшала ее лицо, круглое и румяное, напомнившее лицо Василисы Прекрасной из давней книжки времен Марининого детства. Не хватало только кокошника и перекинутой на плечо косы. Волосы были забраны высоко, шея, ключицы открыты в низком вырезе кофточки. Вся его неловкость исчезла так же неожиданно, как появилась. Главное — не дать ей сразу уйти. Она почти допила свой компот и теперь подцепляла почерневшей ложечкой черносливину. Не отрывая взгляда от ее лица, вбирая его в себя, наслаждаясь, он весело пожаловался на голод и дорожную усталость. Она отодвинула стакан, нерешительно улыбнулась. «Все, — сверкнуло у него в голове, — сейчас уйдет». Но она спокойно спросила:

— Вы издалека приехали?

— Из Москвы, близко, рукой подать, два с половиной часа на машине. Правда, я всю дорогу превышал скорость.

Она улыбнулась ярче:

— Милиции не боитесь?

Он облегченно засмеялся. Разговор завязался, теперь она не уйдет.

— Боюсь. Но не очень. А вы живете в Калуге?

— Я москвичка, — сказала она. — Но замуж вышла в Калугу и живу здесь скоро шестнадцать лет, в Москве бываю только наездами, у мамы.

Почему-то он все-таки произнес:

— Чем занимается ваш муж, если не секрет?

— Врач. Хирург. Очень хороший.

— Что — хороший? Врач хороший? Или?..

Она засмеялась.

— Просто хороший.

Ему показалось, что она засмеялась напряженно. Напряжение висело между ними, несмотря на частый смех и улыбки. Он не знал за собой такой неловкости, прежде ее не бывало.

— Послушайте, я веду себя как старый столичный волокита, и мне неудобно, но, если вы не заняты, пойдемте отсюда. Пообедаем где-нибудь вместе.

Она округлила глаза. Опять засмеялась:

— Как пообедаем? А это что?

Он посмотрел на свои тарелки:

— Это несъедобно.

Она покраснела:

— Пойдемте.

Поднялась и пошла к выходу.

Ничего подобного у него не было. Он понимал, что она не согласится зайти в гостиницу. Она не согласилась.

— Послушай, это глупо, — бормотал он, покрывая поцелуями ее шею, плечи в колкой серой кофточке, ее руки, вжимаясь в нее, гладя ее колени, бедра, волосы...

— Нет, — шептала она, отводя его руки. — Нет, я сошла с ума. Ни за что... Никогда... Гостиница...

— Мивая, — шептал он. — Мивая моя...

Покосившаяся узкая улочка, на которой стояла его машина, уже спала. Купеческие заборы делали ее нарисованной.

Она не пошла в гостиницу, и, злясь на себя за то, что не сумел настоять, и злясь на нее, незнакомую женщину, с которой он только что встретился и, наверное, никогда не увидится больше, чувствуя, что оторваться от нее сейчас — хуже, чем умереть, он крутил одной рукой руль, а другой гладил ее колено и так, петляя и приостанавливаясь, подвез ее почти к дому и вернулся один в свой душный номер, к которому вела от лифта красная дорожка, вдруг показавшаяся ему окровавленной...

На следующий день он зашел к ней в институт. Доклад прошел не так удачно, как всегда. Ему не хотелось ни шутить, ни улыбаться. Слушающие почувствовали, что он не в ударе. Все это было безразлично. На кафедре фольклора, где она работала (Василиса, коса, кокошник, детская Маринина книжка...), было много народу. Поговорить не удалось. Он спустился вниз и позвонил ей из автомата. Она сказала негромко:

— Не могу. Я должна быть дома.

— Тогда я дождусь, пока ты закончишь, и отвезу тебя домой.

Она ответила не сразу:

— Нельзя. Это... неудобно.

— Завтра я уезжаю, — произнес он почти спокойно.

И вдруг услышал:

— Хорошо, я постараюсь.

Что она сказала дома, когда вернулась туда в час ночи, он не знал. Шесть часов, проведенные вместе, въелись в кожу. Он увозил их с собой вместе с ее губами и шелковистой родинкой, он зажал их в себе, затаил, спрятал внутри своего счастливого тела и чувствовал, как они пульсируют там, не дают ему отвлечься ни на что другое на протяжении всей этой дороги, убегающей прочь от нее, в розовый стеганый будуар...

Ему исполнилось пятьдесят, и совсем недавно он сам продумал и устроил себе этот пышный день рождения, на котором кто-то пел, и кто-то играл, и кто-то профессионально рассказывал анекдоты, а темноглазая, похожая на него Марина весело произнесла заранее заготовленную фразу: «В этом году мы справляем не только пятидесятилетие советской власти, но и пятидесятилетие власти нашего папы...» И лысеющие, с седыми висками гости заколыхались от смеха, хотя мало кто за этим столом так уж любил советскую власть, начиная с моего отца и кончая аккомпаниатором Вертинского.

Ему исполнилось пятьдесят, сбылось все, о чем он мечтал, как вдруг выяснилось, что этого мало, недостаточно. Он пробовал уговорить себя: чепуха, пройдет. Не звонил ей неделю. Встретился со своей прежней привязанностью. Ничего не помогало. Желание видеть ее становилось нестерпимым. Едва дождавшись понедельника, он позвонил в Калугу и, услышав негромкий голос, почувствовал, что задыхается...

Через пару дней она приехала в Москву проведать мать. Деваться им было некуда. Он водил ее по ресторанам, по кинотеатрам, отдаленным, где их не могли встретить знакомые. Покупал билеты на первый попавшийся фильм и, едва тушили свет, обнимал ее и отрывался только тогда, когда на экране гасли последние титры. Они выходили из кино, мятые и растерзанные, шел мелкий апрельский дождик, пронзительно пахло свежей землею и дымом, он отвозил ее к матери на Хорошевское шоссе, где они еще полчаса мучительно целовались в машине прямо перед подъездом. Так прошло три дня. Не выдержав, на четвертый он попросил у моего отца ключи от нашей дачи. Отец дал с готовностью, только предупредил, что газа еще нет, баллоны привозят в мае. Он посмотрел на него, не понимая: «При чем здесь газ?» За эти три дня у него заметно изменилось лицо, словно в глаза плеснули светом, и взгляд стал от этого совсем иным — бессмысленным и счастливым.

На следующий день бабушка говорила по телефону со своей любимой подругой, бывшей княжной Гагариной, Лялькой: «Мой ключи дал. Там холод, не убрано. Куда они поехали? Голову потерял». Молчание. Наверное, Лялька ужасалась и ахала. Потом опять бабушка: «Да когда он ее любил, жену? Приехал в Москву — гол как сокол, его там накормили, отец-скорняк, набаловали, он и женился. Что они понимают-то, в двадцать пять лет!» Опять молчание. Похоже, Лялька задавала вопросы. И бабушка тихо, чтобы я, якобы делающая уроки, не услышала: «К нам не приводил. А голову потерял. Но ты помяни мое слово: никуда он от жены не денется! Погуляет и вернется!» Лялька ахнула так громко, что даже до меня донеслось.

Дом стоял почти в лесу, прямо за забором начиналась густая еловая темнота. Кое-где еще лежал посиневший ноздреватый снег, но к полудню начало припекать, как летом. В комнатах пахло старым деревом, пылью, книгами. Этот нежилой запах говорил о том, что они чужие здесь, приехали на день и скоро уедут, а дача будет терпеливо ждать своих настоящих хозяев, которые распахнут окна, разложат на солнце оледеневшие за зиму подушки, перемоют посуду, нарвут ландышей на поляне и поставят их в маленькую голубую вазочку...

Никогда у него не было ничего подобного. Он не засыпал, он проваливался, чтобы тут же проснуться и дотронуться до нее. К вечеру он проснулся и вдруг увидел, что ее нет. Дверь на террасу была открыта, золотом горел кусок подоконника и ровный сосновый ствол за стеклом.

— Где ты? — крикнул он, сам не узнав своего заспанного голоса.

Шаги ее прошелестели под окном. Она вошла и остановилась на пороге.

— Ты так хорошо спал, я вышла прогуляться. Уже все цветет.

Он притянул ее к себе, и тогда она вдруг расплакалась.

— Что? — испугался он, хотя в душе знал, что сейчас услышит.

— Ничего, — прошептала она. — Все хорошо.

— Мивая, — сказал он. — Это ведь только начало. У нас еще...

— Молчи, — плача, пробормотала она. — Ничего не надо говорить, и так все понятно.

Дверная цепочка была задвинута. Он подергал еще раз. Цепочка. Что же делать? Стучать, рваться, будить Маришу? За дверью жалобно заскулил дог. Зашаркали знакомые шаги, и низкий Людин голос спросил:

— Кто там?

— Открой! — приказал он.

— Ах, это ты? — издевательски протянула она. — Что так рано?

Собака заскулила громче, начала царапать лапой кожаную обивку.

— Открой немедленно!

Он рванул дверь на себя, и Люда открыла. Боком, не глядя на нее, он быстро прошел в свой кабинет.

— Нет! — вдруг вскрикнула Люда и зарыдала. — Нет, миленький, так ты не уйдешь!

Он не успел захлопнуть дверь кабинета, и она ворвалась следом, маленькая, пухлая, в своем стеганом розовом халате, ворот переходил в огненные пятна на шее и прыгающие, залитые слезами щеки. Она подошла вплотную и вдруг закричала громко, как не кричала никогда, срываясь на какой-то хриплый лай и почти теряя голос от напряжения:

— Хватит! Поиздевался! Проваливай теперь в Калугу! Ты мне здесь больше не нужен! Но учти: из этого дома ты у меня голым уйдешь! Голым! Голым!

За ее спиной неожиданно выросла дочка, тоже в стеганом халате, с распущенными волосами. Широко расставленные глаза горели ненавистью:

— Мы все знаем! Все! Можешь убираться отсюда!

Кровь бросилась ему в лицо. Это выкрикнул его ребенок, любимый, балованный, его единственная девочка, ни на кого не похожая, самая хорошенькая, самая способная... Ей же надо спать, готовиться к экзаменам, поступать в институт... При чем здесь она? Все это молнией сверкнуло в его голове. Он услышал свой голос словно бы издалека и с удивлением прислушался к произносимому.

— Марина, — строго и просто сказал его голос. — Мама наговорила ерунды. Иди спать. Мы сами разберемся. Все это глупости и больное воображение. К тебе это не имеет никакого отношения.

— То есть как не имеет отношения? — взвизгнула Люда и прижала ладони к красным пятнам на шее. — Отец является ночью черт знает откуда, а к ребенку это не имеет никакого отношения! Я не хочу, чтобы она, как дочка Шварцев, убежала из дома! Пусть лучше знает всю правду вместе с матерью! Чтобы с ней случилось что-нибудь, не дай бог! В ее-то возрасте!

— Люда, — спокойно продолжал его голос, накладываясь на звонкое биение крови в ушах и заглушая его, — мы поговорим завтра. Все твои обвинения не имеют под собой почвы. Ты выслушаешь меня и успокоишься. Марина, иди спать.

Дочь посмотрела на него с некоторым удивлением. Он вдруг почувствовал, что она подчиняется. Глаза ее постепенно гасли.

— Иди спать, девочка, — сказал его голос.

На лице ее остановилось тихое, презрительное выражение, словно она решила не вмешиваться больше и не отравлять себе жизнь.

— Спокойной ночи, мама, — прошептала она и вышла.

Наступило лето. Вся кафедра знала, что дочка Дольского поступает в институт. Со всеми было переговорено, выпито коньяку, похлопано по плечу, пошучено, попрошено. И все-таки он волновался, особенно за сочинение! В доме должно было быть тихо и спокойно. Разумная, деловая обстановка. Люда покупала Марине фрукты на рынке. Гости были временно прекращены.

За два месяца они виделись только один раз. Он придумал, что едет к нам на дачу с ночевкой. Долгое время он не понимал, как это Люда тогда, весной, все разнюхала. Кроме моего отца, никто ничего не знал. Потом он догадался: она же вечно шарила по его карманам и записным книжкам, искала свежие адреса, телефоны. О, идиот! Ее адрес, телефон кафедры фольклора, ее калужский номер — все это было старательно записано им под словом «Ольга», которое он зачем-то обвел в кружок. То, что Люда неожиданно нагрянет к нам на дачу проверить, там ли он, было маловероятно: она не захочет ставить себя в глупое положение. В доме покойного скорняка часто повторяли: «Не выноси сор из избы». Люда крепко помнила это и не выносила.

Он удрал в Калугу в субботу утром, вернулся в воскресенье вечером. Свидание началось как-то скомканно. Он сразу понял, что она обижена, поэтому спросил:

— Ты на меня сердишься?!

Она отвела покрасневшие глаза.

— Я думала, что мы будем чаще встречаться...

Он постарался было объяснить ей всю нервотрепку, связанную с Марининым поступлением, все трудности его отлучек из дому, но она замкнулась, помрачнела, и по выражению ее сузившихся глаз он вдруг понял, что ей неприятны какие бы то ни было подробности его домашней жизни, что она ревнует его к ним и страдает от этой ревности.

Он повел ее в какой-то полутемный окраинный ресторанчик, выполненный в старинном русском стиле, — терем с маленькими окошками, где официантка была слегка пьяна, а все мясные блюда в основном составляла медвежатина. Они сидели лицом к лицу, на застиранной скатерти желтели пятна, и он мучился желанием обнять ее, сорвать, к черту, это, наверное, новое, в синий горошек платье, под которым была она, ее любимое тело, жадно смотрел на знакомые плечи, руки, шелковистую родинку... Вдруг она мучительно покраснела:

— Хочешь, поедем ко мне? Там никого нет...

Он как-то и забыл, что существуют такие маленькие квартиры. Две комнаты, чисто, просто, мебель не подобрана: рядом с плетеным креслом-качалкой — журнальный столик на металлических ножках... За стеклом буфета темнело множество бутылок и поставленных друг на друга коробок шоколадных конфет. «А, — мелькнуло у него в голове, — это больные приносят...» Она оставила его осматриваться, исчезла в ванной и вскоре вышла оттуда в длинном японском кимоно, повернулась спиной, задергивая шторы на окнах, и он увидел огромного дракона с разинутой пастью, вышитого коричневыми шелковыми нитками. Опять закружилось, загорелось, и он провалился куда-то, откуда не было возврата, растворился, исчез, погиб...

Она тихо спала на его руке, а он неподвижно, стараясь осторожно дышать, чтобы не разбудить ее, смотрел на чужую стену с портретом пожилой женщины в круглых очках и небольшой черно-белой литографией, изображающей Гулливера — задумчивого великана с трубкой, в кружевном жабо и туфлях с пряжками, окруженного лилипутами. Вдруг его обожгло. Ведь на этой самой тахте она, вероятно, спит со своим мужем, под этой самой литографией — где же еще?! Он осторожно потянул руку из-под ее головы, и она сразу открыла глаза.

— Мне пора, — натянуто сказал он, целуя ее в лоб.

Она отвернулась, и он почувствовал горячую влагу на своей руке.

— Я приеду скоро, — мучаясь оттого, что она плачет, пробормотал он. — Я позвоню завтра...

— Не надо! — вдруг вскрикнула она и, оттолкнув его, вскочила с постели, завернулась в свое кимоно. — Не надо мне звонить! Ты приедешь — дай бог через месяц, а как я буду жить все это время, тебе наплевать!

Отошла к окну и застыла, прижавшись лицом к цветастой портьере. Он положил руку на вздрагивающую драконью пасть:

— Проводи меня.

— Ты, — вдруг прошептала она и засмеялась сквозь слезы. — Ты будешь вечно держать меня в черном теле, да?

— Я и себя держу в черном теле, — ответил он, гладя ее волосы. — Я и себя в нем держу, мивая...

Дорога убегала прочь от нее, в розовый будуар, Маринины экзамены, звонки, расходы, красные пятна на Людиной шее. Он заново почувствовал минуты, проведенные с нею, и его охватила жгучая радость, несмотря ни на что. Как она вздрагивала во сне! И эта кожа, руки, гладящие его затылок, губы, родинка... Бог мой! Никуда она от него не денется. До Калуги не так далеко. А зимой надо будет придумать что-нибудь: командировку, поездку, увезти ее в Крым, например, в зимний дом отдыха... Все это надо будет обмозговать, взвесить, а пока главное, чтобы девочка поступила в институт, чтобы не скатилось с привычных рельсов, не смялось...

— Как это он ухитряется быть довольным при всех обстоятельствах? — рассуждал вслух мой отец. — В этой сволочной системе, в этом закаканном институтике... Все как с гуся вода, все прекрасно. С Людой он всю жизнь грызется, а тут еще эта связь... Мотается в Калугу — шутка ли, а при этом мечтает поменять мебель в кабинете, покой потерял от наших дачных кресел...

— Господи! — всплескивала руками бабушка, блестя глазами от любопытства. — Кресла! Им же сто лет! Все пружины наружу!

— Он говорит, что это чепуха, пружины можно подобрать. Главное — львы на ручках.

— Не родись красивым, а родись счастливым, — философски вздыхала бабушка и поджимала губы. — Везучий, я всегда говорила...

Он выскакивал из машины, сияющий, подтянутый, маленький. Смуглое лицо тут же озарялось радостью.

— Ну и воздух у вас тут! — говорил он и шумно втягивал ноздрями наш еловый, сосновый воздух. — Мать честная!

Взбегал по ступенькам на террасу, вынимал из согретого солнцем портфеля какой-нибудь рулет или кекс с изюмом, садился в обшарпанное кресло с львиной мордой на ручке.

— Моя мечта... — гладил львиный оскал. — Сопру я их...

Мы вместе шли на пруд через просеку, и он

пускался рассуждать о Кафке, о только что напечатанном Булгакове, и видно было, что даже такая безнадежная вещь, как «Превращение», вызывает у него восторг.

— Свушай, — взволнованно говорил он отцу по-русски. — Это же шедевр! Я всю ночь не мог заснуть! И какая фантазия! Свушай! Мать честная!

А отца все тянуло поговорить о том, как они глупо прожили жизнь, вокруг Совдепия, стукачи и карьеристы, в Ленинграде посадили евреев, выразивших желание уехать.

— Михель! — шептал мой отец и в горячности ломал прутик напряженными пальцами. — Ты только подумай, молодцы какие! Герои! Я преклоняюсь!

— Да, каждому свое, каждому свое, — грустнел он и похлопывал отца по плечу. — Мы вот с тобой геройствовать не можем, надо этих маленьких дурочек поднимать, — кивал подбородком в мою сторону. — Что поделаешь...

А потом лицо его светлело, и, понижая голос, он говорил что-то по-немецки, чего я не понимала, но по выражению его заблестевших глаз и смущенной улыбке догадывалась, что он посвящает друга в свою тайну и ищет у него поддержки.

Марина поступила в институт, в доме готовилось торжество. Надо было по-царски принять и декана, и замдекана, и заведующую кафедрой, и старых друзей. С рынка привезли три корзины фруктов и овощей. Люда, завитая, оживленная и похорошевшая, хлопотала вовсю, дог оглушительно лаял, потому что была суета, суматоха, хлопали дверью лифта, таскали от соседей с пятого этажа стулья, сдвигали столы... Сияющий, он вошел в кухню. Жена, стоя на коленях перед духовкой, обернула к нему разгоряченное лицо:

— Я все боюсь, не мало ли вина? Ты бы съездил, пока не закрыли...

— А как там кулебяка?

Он наклонился к плите, она одновременно поднялась с колен, и они смешно стукнулись лбами.

— Ну вот, Лю, извини, я не нарочно, — потирая ее ушибленный лоб, засмеялся он. — Я не хотел.

— Ты мне давно рога наставил, — хрипло сказала она и умоляюще-напряженно посмотрела на него, словно желая непроизвольной реакции. — Я ко всему привыкла.

— Ну, — сморщился он, забыв стереть с лица улыбку. — Что ты говоришь, Лю...

Вдруг Люда изо всей силы стиснула руками его шею:

— Миша! Я тебя умоляю! Посмотри, девочка выросла, в доме все есть, я тебя обожаю, обожаю, когда ты такой, как раньше, когда ты с нами! Брось эти глупости! Видеть не могу, как ты уходишь к чужой бабе, мучаешь меня, врешь, как последняя сволочь! Я не могу вынести этого!

Она заплакала, громко, хрипло, неистово, и, продолжая обнимать его, сползла вниз, опять опустилась на колени. С высоты своего небольшого роста он увидел ее поднятое к нему умоляющее и одновременно готовое на лютую ненависть лицо в потеках расползшейся краски и начал торопливо поднимать ее за локти, но она сопротивлялась, вжималась лбом в его ноги и хрипло бормотала сквозь рыдания:

— Нет, обещай мне, немедленно! Сию минуту обещай мне! Ради Марины! Не для меня! Ради Марины!

Его спас телефонный звонок. Оторвавшись от жены, он снял трубку:

— Свушаю.

В трубке молчали. Неожиданно он понял, что это она. Узнал ее дыхание. Люда медленно поднялась с колен, вытерла размазанную по щекам краску и начала резать салат. В трубке молчали.

— Свушаю вас, — с усилием выдавил он.

— Ты не мог бы приехать ко мне? — тихо сказала она. — Я так соскучилась, мне плохо.

Люда внимательно смотрела на него красными измученными глазами. Рука с ножом мелко дрожала над салатницей.

— Боюсь, что вы ошиблись номером, — презирая себя, произнес он.

Раздались гудки.

Девочка делала карьеру. Она была уже в комитете комсомола и успела на две недели съездить в ГДР. Появились в ней какая-то вкрадчивая кошачья мягкость и та одуряющая женственность, которая действует сильнее красоты. Любуясь дочерью, он смеялся, глядя, как она ловко лавирует между поклонниками, не подозревающими о существовании друг друга. Его домашняя жизнь становилась все плотнее, все вещественнее. Люда и Марина были помешаны на тряпках. Его по-прежнему увлекало переустройство квартиры. В феврале он купил два совсем неплохих женских портрета конца восемнадцатого века и теперь подгонял под них весь интерьер столовой. Между тем его поездки в Калугу сами собой участились. Она перестала плакать, перестала требовать, чтобы он приезжал чаще, и Люда вроде бы тоже оставила его в покое, целиком погрузившись в бытовые заботы, покупки, сплетни, Маринину жизнь. Все осталось на своих местах, ничто не пострадало, не обвалилось, не взорвалось, только прибавилось счастья, терпкой остроты, праздничности.

— Ты пойми, — радостно говорил он моему отцу, от волнения переходя с немецкого на русский. — Моя женщина. Моя. Никогда такого не было.

— А муж — что? — смущенно спрашивал отец, не умеющий просто смотреть на вещи.

Он морщился:

— Что муж? Я не знаю. К чему мне думать об этом?

— Но, может быть, она мучается, — не унимался отец. — Отвратительная двойственность.

— Я понимаю, — он мрачнел, опускал лысеющую голову, как виноватый. — Но что можно изменить? Я не могу оставить Маришу. И потом, Люда... Она же не сделала мне ничего плохого... Квартира, собака. Как быть с этим? И кстати, я думаю, она сама этого не хочет! У нее же дети, обязанности. Так сложилось. Мы платим за свое чувство. И так лучше. Главное, что я уверен в ней. И в себе уверен.

У Марины появился новый воздыхатель. Сын генерала, заканчивает переводческое отделение. Долговязый, широкоплечий, с сильной челюстью, молодой человек был отличной партией.

— Что ты, с ума сошла — так рано замуж? — искренне удивлялась Люда, расширяя темные глаза.

Они сидели вдвоем в розовом будуаре перед грудой шмоток, отложенных знакомой продавщицей из комиссионки.

— Понимаешь, мама, — разумно сказала Мариша, подпиливая перламутровый ноготь. — Все равно через это надо пройти. Без обручального кольца я такой глупости не сделаю. А так у меня будут развязаны руки.

— Через что надо пройти? — не поняла Люда.

Мариша, усмехнувшись, кивнула на постель.

— Он сам хочет жениться. Какая разница? Надоест — разведусь...

При слове «разведусь» Люду передернуло.

— Как ты думаешь? — пробормотала она, глядя в пол. — Миша опять туда поехал?

На лице дочери появилось привычное брезгливое выражение.

— Разумеется, куда же еще? Если бы я была

на твоем месте, ни одной минуты не стала бы этого терпеть!

Люда сжала виски руками.

— А что же мне делать?

— Тебе — ничего, — с упором на слово «тебе» произнесла Мариша. — Со мной бы такого не было. Я бы вот так держала. — Она сжала перламутровые пальцы в кулак и показала как. — Но он бы ничего не почувствовал. Тут есть свои маленькие секреты, мама, ты их просто не знаешь...

Свадьбу назначили на конец июня. Приезжали знакомиться родители жениха: высокий, прямой, с багровым лицом генерал и маленькая генеральша в белых капроновых перчатках. На следующий день он заскочил к нам на Плющиху, быстро съел тарелку борща и с подробностями воспроизвел бабушке всю сцену знакомства.

— Важный человек, — сказал он про генерала и надул щеки, показывая, как тот осматривал квартиру. — Совершенно невежественный, но со здравым смыслом. Правда, без юмора. Красный, как вот этот борщ.

— Алкоголик? — ахнула бабушка.

— Нет, думаю, что нет. Алкоголик до таких высот не дотянется. Может быть, тайный, в душе.

— И не противно тебе, Михель? Быдло ведь! — возмущался мой отец. — Куда тебя заносит?

— Свушай, — мягко возражал он. — Они же могут быть совсем неплохими людьми. Мало ли как у кого жизнь сложилась?

И тут же с невольным восхищением сообщил, что на всем протяжении генеральского визита у подъезда стояла черная «Волга» с шофером, а прощаясь, генерал предложил Люде каждую неделю отовариваться в закрытом распределителе.

— Платье Марише я уже заказал. Будут шить в ателье Большого театра. По страшному блату! — он засмеялся, схватился за щеки. — И стоить будет тоже неплохо! Но что делать! Пусть у меня эту свадьбу запомнят надолго! Сеня сценарий пишет.

— Ой, да ну вас! — Бабушка замахала на него руками. — У нее, у Марины, еще сто мужей будет, помяните мое слово! Так каждый раз и сценарий писать?

Он поцеловал ей руку:

— Люблю вас за язык. С вами не скучно.

Свадьбу отпраздновали в ресторане «Прага», с черной икрой, музыкой и двусмысленными тостами. Генерал был выбрит до глянца. Пришли боевые друзья, в орденах и регалиях, и их жены, с дряблыми шеями, в меховых накидках и бриллиантовых кольцах. Был даже бывший разведчик с темным шрамом через всю щеку, стройный, мускулистый, крепко пахнущий одеколоном. Хлопали, кричали «Горько», заставляли целоваться не только молодых, но и генерала с генеральшей, и его с Людой. Танцевали до того, что подмышки нейлоновых рубашек потемнели от пота. Аккомпаниатор Вертинского сел за рояль, прикрыл восковые, в синих венозных веточках веки и с чувством пропел: «Что мне делать с тобой и с собой, наконец, где тебя отыскать, дорогая пропажа?»

Невеста была не в белом, а в темно-вишневом гипюровом платье с совершенно открытой спиной. Он с гордостью протанцевал с ней первый танец и, чувствуя на себе одобрительные взгляды гостей, при последнем такте лихо опустился на одно колено и так стремительно обвел ее вокруг себя, что легкий гипюровый шлейф накрыл его плечи, как пена. Потом медленно покружился с Людой, счастливо прильнувшей к его рукаву, потоптался с длинноногой женой разведчика в вызывающем туалете из змеиной кожи, вытащил в круг даже красную от смущения новую родственницу, мать жениха, визжавшую, что она последний раз танцевала, когда сама выходила замуж.

А потом, в разгар всеобщего веселья, вышел в холл перевести дыхание и вдруг ощутил тоску. Откуда? «Нервишки пошаливают, — мысленно успокоил он самого себя. — Слишком большая нагрузка». Постоял, посмотрел на танцующих сквозь брызги маленького фонтана, восхитился спокойной Мариной в вишневых кружевах, хрустнул пальцами, приказал себе ощутить, что все хорошо, все отлично, и уже было поверил в это, как вдруг вспомнилась она в тот момент, когда они опять расстаются, всякий раз медлившая выходить из машины, отпускать его обратно в Москву, вспомнил, как он крепко сжимает на прощание ее колени, целует знакомые, готовые расплакаться губы и, подавляя в себе растущее желание начать все сначала, бодро говорит ей: «Ну, я поехал. Завтра перезвонимся». Тоска усилилась, не отпустила его, и, подчинившись ей, он тихо вернулся в зал, сел рядом с моим иронически наблюдавшим генеральское веселье отцом и шепотом сказал ему по-немецки:

— Паршивая штука — старость. Что ни говори, паршивая...

Молодым отвели голубую Маринину комнату. Месяца два все было тихо и спокойно. По ночам через стену просачивались сдерживаемое дыхание зятя и музыкальное посмеивание Мариши. Потом полетели отголоски неожиданных распрей.

— Это мое дело, куда я деньги трачу, — яростно шипел генеральский сын. — Не хватало мне еще спрашиваться!

— Придется, дорогой, — ледяным голосом отвечала дочь. — Придется спрашиваться!

Зять выскакивал в столовую, взъерошенный, похожий на большую озверевшую лошадь, вставшую на дыбы. Громко хлопал дверью и убегал в институт, не позавтракав. Мариша выплывала через полчаса, уже одетая, подкрашенная, нежно пахнущая французскими духами, садилась пить кофе, оттопырив перламутровый мизинец. Прихлебывала, недобро блестя глазами, щурилась в открытое окно. Назревало что-то неприятное. Все чаще ему хотелось исчезнуть из дому, квартира перестала радовать, зять вызывал тошноту, Люда — раздражение. Повадилась звонить дурагенеральша, давать советы, рассуждать о жизни тоном жэковской активистки. Он терпел, вежливо переспрашивал, вежливо соглашался. Потом началась бессонница. Ночью все как-то особенно цепляло за нервы: и постанывание собаки, и Людин храп, и дождь за окном. Теперь он старался звонить в Калугу каждый день. Закрыв глаза, слушал ее голос, представлял, как она смеется, сердится, поправляет рукой волосы. «Мивая моя, — чувствуя, как все внутри заходится от нежности, шептал он. — Скоро встретимся, не огорчайся, мивая...»

На ноябрьские им неожиданно повезло. Люда решила прокатиться в Ленинград на юбилей подруги, а генерал отправил «детей» в дом отдыха для высокопоставленного военного состава. Он остался один на целых четыре дня. Это было подарком неба, прыгать хотелось от радости.

— Ты можешь приехать? — умоляюще говорил он в трубку. — Придумай что-нибудь! Это же никогда не повторится!

Он взял за правило никогда не спрашивать ее, что происходит дома, как ей удалось приехать в Москву или встретиться с ним в Калуге, прогулять работу, вернуться поздно вечером. Единственное, о чем они иногда заговаривали, были дети. Он так гордился Марининым и успехами, что трудно было удержаться и не рассказать ей, какая у него умная, чудесная дочка.

— Вырвешься? — настаивал он и теперь. — Сможешь приехать? Приедешь?!

И наконец услышал:

— Хорошо, я постараюсь.

Когда он встречал ее на вокзале, шел мокрый

мелкий снежок, быстро темнело. Она была бледнее обычного и казалась уставшей.

— Все в порядке? — быстро спросил он, целуя ее и подхватывая дорожную сумку.

— Да, — уклончиво ответила она. — Надеюсь, что пока все в порядке...

Машины обдавали прохожих бурым месивом. На Беговой, у самого поворота к дому, стояли «Скорая помощь» и небольшая кучка любопытных: только что задавило пьяного. Выскочил как-то неожиданно и угодил прямо под колеса. Два санитара пронесли мимо носилки с телом, накрытым белой простыней.

Лифтерша в сером пуховом платке осмотрела ее недружелюбно и внимательно, с головы до ног. Он тут же нашелся, поздравил старуху с наступающим, пошутил, вытащил из кармана плитку сливочного шоколада. Лифтерша расплылась в беззубой улыбке: «Да что вы, ей-богу! Я его и не ем, шоколад-то!» Дог восторженно, как всегда, бросился навстречу, облизал его лицо и принялся обнюхивать незнакомую женщину. На секунду в выпуклых собачьих глазах мелькнуло удивление: как ему, частичке семьи, преданному Люде и Марине, реагировать на это появление? При виде старинной мебели, зеркал и камина она сначала откровенно удивилась, а потом, как была в пальто, опустилась в кресло и залилась смехом.

— Что? — счастливо спросил он, обнимая ее и стараясь расстегнуть крючок на воротнике. — Что тебя так насмешило?

— Господи! — сказала она. — Сколько игрушек! Теперь я понимаю...

— Что? — переспросил он, делая вид, что не догадывается. — Что понимаешь?

— Эта квартира... Да ты же весь в этом!

— Ах, квартира, — отмахнулся он. — Но я всю жизнь мечтал быть архитектором, и квартира как бы кусочек моей мечты, такие вот маленькие изобретения...

Она прошла в розовый Людин будуар, постояла, осматриваясь, и вдруг взяла с подзеркальника их большую семейную фотографию: сияющий папа, темноглазая хорошенькая мама и кудрявая, с огромным бантом дочка. Он осторожно вынул фотографию из ее руки:

— Не обращай внимания, все это неважно...

Обнял ее, увлекая за собой прочь из розового будуара в смежный с ним кабинет.

Несколько лет назад он бросил курить. Отвыкал от этого долго и тяжело. Ночью курить вдруг опять захотелось. Он осторожно встал, посмотрел на ее слабо белеющее в темноте лицо и пошел в Людину комнату за сигаретами. Нашел в ящике стола неначатую пачку. Открыл ее, закурил. И вдруг опомнился. Затянулся еще раз, последний, и резко погасил сигарету. Вернулся в кабинет, лег рядом с ней, поправил подушку. Шелковистая родинка была возле самых его губ.

«Дети» вернулись из дома отдыха еще более раздраженные и явно недовольные друг другом. Вечером зять исчез. На все вопросы Марина только презрительно пожимала плечами, потом грубо оборвала их:

— Оставьте меня в покое!

Пошла к себе в комнату и легла спать. Люда требовала, чтобы он немедленно звонил генералу: может быть, зять там. Он колебался. Людина шея пошла красными пятнами:

— Тряпка ты, и ничего больше!

Ночью зять ввалился в дверь совершенно пьяным. Этого они не ожидали. Генеральский сын смотрел мутными глазами, покачивался и бормотал:

— Ну, чего не видели? Будите свою б..., поговорить надо...

Кое-как они вдвоем стянули с него дубленку

и уложили спать на диване в столовой. Квартира наполнилась тяжелым водочным запахом. Утром разразился шумный скандал. Протрезвевший генеральский сын кричал на хмурую, кутающуюся в мохеровый платок Маришу:

— Нечего нам выяснять! Клоуна из меня решила сделать — не выйдет! Другого ищи идиота! Я у тебя каждую трешку выпрашивать не намерен! Шкаф от барахла ломится, все ей мало! Я не для того женился, чтобы по стройкам таскаться! Пусть на тебя другие калымят!

Мариша слушала вроде бы спокойно, потом яростно блеснула темными глазами и хрипло произнесла только одно слово:

— Убирайся!

— И уйду! — проревел зять, не попадая в рукава дубленки. — Только ты меня и видела, цыпочка!

Он с грохотом собрал свои вещи, вызвал отцовского шофера:

— Чтоб через пять минут, Петрович, был на Беговой!

Выбежал не простясь, хлопнул дверью. В разгар ссоры они с Людой попробовали было вмешаться:

— Ну что вы, ребятки, разве так можно? Давайте спокойно поговорим!

Но Мариша так злобно цыкнула: «Да заткнитесь вы!» — что они переглянулись расстроенно и замолчали.

Вечером дочь нарядилась, ярко накрасила губы и куда-то ушла, а он не выдержал, позвонил генералу. Марина все казалась ему маленькой девочкой, которую незаслуженно обидели, и теперь ему, отцу, надо за нее заступиться. Генерал долго пыхтел, видимо, собираясь с мыслями, потом проговорил гулко:

— Нечего нам обсуждать, моему сыну жидовня не подходит!

Вся кровь бросилась в голову.

— Что ты сказал, мерзавец?

— Померзавь мне еще, — пригрозил генерал. — Шлюху воспитал, теперь и расхлебывай! Вову я от вас выписываю и добром предупреждаю, если...

Не дослушав, он бросил трубку. В висках стучало. Ночью у нас на Плющихе раздался звонок:

— Свушай, этот тип сказал мне такое... Я убил бы его! Какие подонки, свушай!

— А ты чего ждал? — мрачно отрезал мой отец, чувствуя, как леденеет кожа на затылке. — Чего ты хотел, когда рвался в эту клоаку?

Утром Люда начала пылесосить, отодвинула диван в кабинете и обнаружила женскую шпильку. Она ворвалась в кухню, где он мрачно допивал кофе, готовясь идти на работу.

— Это что такое? — со свистом просипела Люда и затряслась. — Вот как ты проводил праздники!

В другое время он начал бы лгать и изворачиваться, но сейчас нервы были слишком обнажены, внутри все горело.

— Оставь меня, — выдохнул он. — Да, так отдыхал! Отвяжись от меня, слышишь!

Она с размаху столкнула все, что было на столе. Горячий кофе обжег его колени.

— Марина! — закричала она и застучала кулаками в голубую дверь. — Ты слышала, что отец сказал?

Он схватил пальто, портфель и опрометью бросился вон из дому.

Весь день его преследовало чувство, что с головы до ног он облеплен грязью. Грязь была во рту, в горле, в карманах пиджака. Хрустела на зубах, царапала веки.

Гробовая тишина царила в квартире, когда он открыл дверь своим ключом и вошел. Люда и Марина, не в халатах, а нормально одетые, молча сидели на диване в столовой и, по всей вероятности, ждали его возвращения. Ни одна из них не встала навстречу. Только собака, исступленно виляя обрубком серого хвоста, облизала его лицо.

— Папа, — спокойно, не повышая голоса, сказала Марина. — У нас большая неприятность. Мама не может найти свое бриллиантовое кольцо.

— Какое кольцо? — машинально спросил он.

Вместо ответа дочь протянула ему инкрустированную коробочку, в которой Люда держала драгоценности. Одного из больших бриллиантовых колец, полученных когда-то в приданое от скорняка, не было.

— Не понимаю, — растерянно произнес он. — Куда же оно могло деться?

Люда истерически захохотала, пригнув голову к коленям и крест-накрест обхватив себя руками:

— Ха-ха-ха! Нет, я больше не могу! Вы все слышали? Он не догадывается, куда оно могло деться! Привел в дом воровку, спал с ней на моей кровати, а потом удивляется, куда пропала вещь! Ха-ха-ха!

— Замолчи! — закричал он и зашатался. — Замолчи, идиотка!

Марина поднялась с дивана и стала между ними.

— Нет, уж извини, замолчать придется тебе. Сейчас мы решаем. И я хочу поставить тебя в известность, что сегодня утром мы уже поговорили с твоей дрянью, предупредили ее по-хорошему, а завтра, если кольца не будет, мы обратимся в милицию.

— Бог мой! — заревел он. — Повтори, что ты сказала! Вы поговорили? С кем?

Не отвечая, Марина победно поджала накрашенные губы. Он бросился на дочь и со всей силы начал трясти ее за плечи.

— Оставь меня! — злобно вырвалась Марина. — Не смей до меня дотрагиваться! Да, мы с мамой позвонили в Калугу, ей на работу, и предложили вернуть кольцо добровольно!

В глазах у него потемнело, руки и ноги пошли ледяными иголочками.

— Прочь от меня, — прошептал он. — Прочь от меня, вы обе! Не подходите, а то я...

Вдруг он схватил со стола мраморную античную голову.

— Ай! — вскрикнула Люда. — Он нас убьет!

— Прек-рати! — заревела Марина. — Я сейчас «Скорую» вызову!

Он опомнился, поставил голову на место. Губы его прыгали:

— Что вы сказали ей? Как вы посмели, как...

Он не договорил. Маленькая, пухлая, трясущаяся Люда подошла вплотную и изо всей силы неловко ударила его по лицу.

— А ты... Как ты посмел привести ее сюда, в мой дом, на мою постель... Ты обещал... Ты измучил меня, мерзавец! Ты всю кровь из меня выпил! Ни дня, ни единого дня я не была с тобой счастлива! Зачем ты женился на мне? Отвечай! Ну! Зачем? Чтобы получить это?

И она неистово затрясла инкрустированной коробочкой, как африканской колотушкой. В голове его сверкнуло: «Ехать к ней сейчас! Ехать немедленно!»

Вдруг в дверь позвонили. Марина сверкнула на него злыми глазами и пошла открывать. За дверью, запорошенный снегом, в одном пиджаке, стоял зять. При виде Марины его передернуло.

— Возвращаю! — раздув ноздри, театрально крикнул он и бросил ей под ноги бриллиантовое кольцо. — Поиздевался бы подольше, да мараться неохота! Удавитесь же вы из-за стекляшки-то! Смертью кончится! А с меня этих радостей хватит! Сыт по горло! — он провел ребром ладони по горлу и облизнул губы. — Адью! А, кстати, там, в колечке-то, один камень треснутый! Так что брак на браке! Здоровеньки булы!

Круто повернулся и бросился вниз по лестнице, грохоча ботинками. Люда заперлась у себя, Марина у себя. Розовая и голубая двери захлопнулись.

Рано утром он поехал в Калугу. На работе ее не было. Он сидел в машине возле ее дома, не зная, что делать. Первый раз в жизни у него заболело сердце. Оно болело неровно, резкими, глубокими толчками: боль, остановка, опять боль. Потом замерло, затаилось внутри, как живое существо, которому страшно. Внезапно пошел снег, густой, пронзительно-белый, похожий на клочья ваты. Машина постепенно превратилась в кокон. Ноги его затекли. Тогда он сказал себе: «Быва не быва!» И вышел. В подъезде помедлил немного, вытер лицо носовым платком, потопал ногами и решительно нажал кнопку шестого этажа. Лифт остановился, и дверцы раскрылись. Она стояла на площадке в серой шубе и маленькой черной шапочке. Он сделал шаг вперед и, не чувствуя губ, прошептал:

— Прости меня...

Она застонала и быстро вошла в лифт, не глядя на него. Он успел прыгнуть следом, и дверцы захлопнулись. Они стояли рядом в обшарпанной кабинке, испещренной похабными надписями. Лифт остановился, он нажал кнопку последнего этажа, и их опять понесло вверх.

— Ради бога, — повторил он, — прости меня. Я не предполагал такого, я не...

— Что ты, — прошептала она. — Что ты... Ты не виноват...

— Если ты меня бросишь... — не слыша себя, сказал он. — Если так, у меня ничего не останется...

— Что ты, — повторила она и заплакала, прижавшись к нему.

Лифт остановился, дверцы раскрылись. Они сели в белую пушистую машину. Сердце его вдруг перестало болеть, что-то разжалось внутри, отпустило. Она все еще плакала, теперь уже не сдерживаясь, навзрыд. Он взял ее мокрую руку и провел ею по своим глазам. Вчерашние крики, взъерошенный зять, пощечина — все затянулось, поглотилось ровно идущей с неба пронзительной белизной. Он включил двигатель, они медленно поехали по скользкой узкой улице и вскоре оказались на загородном шоссе. Город исчез из виду. По правую сторону вырос густой, весь белый, неподвижный лес. Он остановился на обочине. Выключил фары. Было совсем темно. С мягким шелковым шумом упала с дерева снежная шапка.

— Если ты хочешь, — вжимаясь в ее воротник, произнес он. — Если ты скажешь, мы все это поломаем.

— Что поломаем? — спросила она.

Он чувствовал, что слова застревают в горле, спотыкаются. Пересилил себя и все-таки сказал:

— Всё.

— Господи, — прошептала она. — Господи, что ты говоришь! Разве мы можем? Ты уйдешь из дому? Или я уйду? Куда?

Он вдруг ощутил, что ждал именно этого ответа. В голове как-то сама собой отпечаталась вся его жизнь: Марина, брошенная генеральским сыном, старая, хриплоголосая, измученная Люда, дом, доставшийся с таким трудом, налаженный быт, работа. Куда деваться? Сгорбившись, он смотрел прямо перед собой, в нависшие над стеклом белые тяжелые ветки. И тогда она крепко обняла его, закрыла блестящие от слез глаза:

— Молчи, прошу тебя. Просто молчи. Ничего мы не можем.

2

— Марина будет рожать в больнице для жен дипломатов. Он ее устроил, — с уважением сказал отец за обедом. — Устроил все-таки! Черт знает что!

— Сколько заплатил-то? — бабушка понизила голос.

— Я не спрашивал, — отец пожал плечами. — Я до сих пор не понимаю, как это она опять замуж выскочила!

— Что я вам говорила? — бабушка торжествующе задрала подбородок. — И вышла, и опять выйдет, и еще не раз. На этом не остановится. Он, нынешний-то, кто? Физик, что ли?

— Отец у него физик. С именем. Свой особняк на Ленинских горах. Я ведь не вдаюсь в подробности. Тошнит, как посмотришь на эту жизнь.

— Мадам? — с намеком спросила бабушка.

— Нет, Люда вроде его не трогает. Надоело. Есть деньги, и хорошо. Но Марина! Она с ним не разговаривает. Только: дай, дай, дай! Я повешусь, если наша будет такой же!

— Наша, — твердо произнесла бабушка, — такой не будет. Не в кого.

— А там в кого? — угрюмо пробормотал отец.

Солнце сжигало пыльную листву на деревьях яростно жарким летом семьдесят второго года. Тяжелый огненный туман стоял в воздухе, подошвы прилипали к плавящемуся асфальту. Помню, как-то утром мы поехали купаться в Серебряный Бор.

— Хорошо, мать честная! — жмурясь от удовольствия, сказал он и поплыл. — Эх, хорошо! Рай! — Нырнул, и несколько секунд его не было, потом на поверхности появилась крепко полысевшая и поседевшая голова с восторженными глазами и белозубой улыбкой. — До чего хорошо, а?

«И что это он так радуется? — подумала я, трогая ногой кипяченую серую воду реки. — Все ему хорошо, все замечательно! Какой-то он... примитивный, вот что!»

Он вышел на берег, загорелый, счастливый, накинул полотенце и, радостно смеясь, похлопал по плечу моего растерянного отца, ищущего, куда бы примоститься между колбасными шкурками и клочками промасленной бумаги, усеявшими выжженную траву.

— Что, Ленька? Что хмуришься, старина? Ты попробуй, какая вода! Роскошь! До чего хорошо все-таки!

— Ну, а Марина что? — с семнадцатилетней мстительностью спросила я.

— Мариша? — быстро переспросил он и улыбнулся растерянно. — Маришка у меня рожать собралась. Вот какой животик, — и, округлив руки, он показал, какой животик. — Малышки вы, малышки, скоро уж мамами будете, а для нас, стариков, все равно малышки! — И поцеловал меня.

Марина уточкой переваливалась по квартире, бросая недовольные взгляды в зеркало. Он старался развлечь ее, приносил подарки.

— Спасибо, — равнодушно говорила Марина и небрежно нюхала французский флакон. — Тебе там в холодильнике, кажется, что-то оставили, я не помню. Посмотри.

— Ладно, ладно, — бормотал он. — И есть-то не хочется в такую жару. А ты обедала?

— Мы с Петей обедали в ЦДЛ, за мной машину прислали.

— А-а-а, — радостно усмехался он. — Прислали? А я тебе икру черную принес. Это из заказа.

Пожав плечами, Марина скрывалась за голубой дверью.

— Выйди с собакой, — доносился из-за двери ее низкий голос. — Он с восьми утра не гулял!

Серый морщинистый дог всем видом выражал готовность терпеть и дольше, но он застегивал на нем красный ошейник.

— Пойдем, Джерри!

Шел на улицу, опускался на горячую липкую лавочку в чахлом скверике. На душе было скверно. «Почему она так резка со мной? — думал он о Марине. — Я ведь ей всю жизнь отдал! Что я не сделал из того, что нужно было?» И сразу же перед глазами появлялась другая женщина, та, для которой он невольно жертвовал Мариной. «Но чем же я виноват? — продолжал он. — Я никогда не собирался уйти из дому и бросить ее мать. Значит, ей не в чем упрекнуть меня. А то, что у нас жизнь с ее матерью не сложилась... Так разве я отвечаю за это?» И опять перед глазами появлялась та женщина. «Если бы я знал, чем это будет для Марины, пошел бы я на это?» И терялся. Потом желание увидеть эту женщину и прижать ее к себе заполняло все тело, наливало его знакомой острой тоской. «Ведь уже полтора месяца, — проносилось в голове. — Скоро полтора месяца... Надо вырваться к ней на следующей неделе. Не могу больше. Пусть все катится к черту».

У Люды появилась странная черта: она начала сорить деньгами. Похоже было, что она делала это нарочно, назло ему. Еще одно пальто.

И сумку за двести. И сапоги. И норковую шапку для Марины. Разве теперь он откажет?

— Свушай, Ленька, давай учебник напишем? — посмеиваясь, спрашивал он моего отца, пряча глаза. — Я бы с удовольствием подработал немного...

— А что же те родители? — нажимая на слово «те», удивлялся отец. — Почему ты должен все брать на себя?

— Ну, — он тер висок маленькой ладонью. — Они тоже помогают... Но ведь это моя дочка! При чем здесь чужие люди?

Через пару месяцев квартира на Беговой огласилась младенческим криком. Мальчик был большеголовый, большеглазый, беспокойный. Днем он спал, а ночью возился и плакал. Марина не любила вставать, новый зять — физик, человек невозмутимый и отстраненный, предпочитал ничего не слышать, так что вскакивала Люда, брала внука на руки и сонно носила его по столовой, обнажая под незастегнутым халатом полное творожистое тело. Тогда и он выходил из розового будуара.

— Иди поспи, Лю, я с ним побуду.

— Не урони смотри, — раздраженно говорила Люда и передавала ему младенца. — Почти успокоился.

Он бормотал немецкие песенки в пахнущую молоком теплую головку, осторожно покачивал скользковатый шелковый сверток, внутри которого слабо толкались крошечные ноги и локти. Утром гневная Марина блестела темными глазами:

— Я объясняю тебе в сотый раз! Не приучайте его к рукам! Если он будет знать, что к нему никто не подойдет, он сразу перестанет плакать! Вы его балуете на мою голову.

«Гестапо какое-то, — бормотал он про себя, торопливо укладывая портфель и собираясь на работу. — Ребенок разрывается...» На лекциях сильно хотелось спать, он заставлял себя отпускать прежние шуточки, по памяти воспроизводил былые остроты. Сил на поездки в Калугу не хватало.

В пятницу он позвонил ей на работу. На работе как-то смущенно ответили, что она нездорова. Тогда, поколебавшись, он набрал ее домашний номер. К телефону подошла она сама, ответив неузнаваемым, мертвым голосом.

— Что случилось? — встревожился он.

— Сын пропал.

— Как пропал?

— Пропал, — повторила она и задохнулась. — Два дня не можем найти.

— Вы обращались в милицию? — выдавил он.

— Ищут, — произнесла она и замолчала. Потом сказала ровно: — Я не могу.

— Успокойся, — мягко прошептал он. — Ты слышишь меня? Они же в этом возрасте голову теряют. Ну, поехал куда-нибудь, вернется.

И вдруг она сорвалась:

— Замолчи! Что ты меня утешаешь! Легко утешать, когда твоя дочка дома! Нет, если с ним что-то случилось, то это я, я, я!

— Что ты? — испугался он.

— Я, — разрыдалась она, — я стала невменяемой из-за тебя! Я забросила их! Господи! Это меня за грехи...

Она повесила трубку. Через час он позвонил снова. Мужской бас испуганно закричал:

— Слушаю вас! Говорите!

Он молчал. Раздались гудки.

Дома его ждала неожиданная новость. Марина решила не брать академический отпуск, не терять времени даром, и к ребенку пригласили няню.

— Не приходящую, — сказала Марина. — С приходящими одна морока. Живущую.

— Где же она будет жить? — спросил он.

— У тебя в кабинете, — прищурилась дочь. — Где же еще? Это удобнее всего.

— Кому удобнее? — вспылил он.

— Всем, — ласково прошептала Марина. И тут же повысила голос: — Другого места нет.

— Ты что, выжить меня решила? — Он вдруг почувствовал, что у него закололо в кончиках пальцев.

— Ах, — так же ласково шепнула Марина, — ты, кажется, предлог ищешь? Решил изменить жизнь? Пожалуйста, никто не держит!

— Дрянь! — вскрикнул он и запнулся. Изнутри мозга выплыл ее голос: «Потому что твоя дочка дома».

Вошла Люда с внуком на руках. В длинном халате, как всегда. Бледная, измученная, с набрякшими верхними веками. Он наклонился к спящему свертку. Ребенок открыл вишневые глаза. Он поцеловал его и, подойдя к Марине, погладил ее по голове:

— Устала ты, девочка. Я понимаю, ты устала...

На следующее утро — ни свет ни заря — в доме появилась няня. Она была похожа на старуху-сибирячку с лиловыми щеками, у которой он когда-то снимал угол. Огромная, седая, с хитрым, изъеденным оспой лицом. Внесла в кабинет черный, перетянутый веревками чемодан и попросила его убрать со стола мраморную голову.

— Чего на меня чужой мужик пялиться будет, — сказала она и подмигнула Люде. — Захочем — живого сыщем.

Это было в субботу. Что там, в Калуге? Ждать понедельника и звонить ей на работу? «Нелепая все-таки жизнь, — первый раз сказал он себе. — Вот сейчас, например. Как я узнаю? А если и впрямь с парнем, не дай бог, что-нибудь случилось?» И тут же вспомнилось, как вчера ее муж кричал в трубку: «Алло! Говорите!» Конечно, он ждал известий о сыне, и она, наверное, стояла рядом.

Ему стало не по себе. «Нелепость. Кто ей на самом деле ближе, чем я?» И тут же пришло в голову, что это ложь: совсем не так они близки, как ему иногда кажется. Чем они связаны? Любовью? Он поморщился. Слово было шершавым, заезженным, неловким и ни о чем не говорило. Тогда, может быть, страстью? Ну, предположим. Но ведь и этого недостаточно для целой, расчлененной на долгие повторяющиеся дни жизни.

Что ждет их? В его пятьдесят четыре года? «Нет, лучше не думать, — твердо сказал он себе. — Все равно я ничего не решу. Слишком нас много в этой истории. И лучше сейчас же поехать в Калугу. По крайней мере, буду с ней в одном городе все воскресенье, буду рядом, если что...»

Сын неожиданно отыскался у немолодой разведенной женщины, с которой он, как выяснилось, был близок уже несколько месяцев. Потом они как-то тяжело разругались, сын не мог найти себе места, опять поехал к ней и тут совсем потерял голову, остался ночевать, не позвонил домой, не предупредил. Кто-то из его институтских друзей сжалился над ними и дал адрес, буркнув, что Петя, возможно, там. Муж примчался прямо из больницы на служебной машине. Долго плутали по пригородной улице, исполосованной следами грузовиков. Наконец толкнули перекошенную калитку, шарахнулись от бросившейся на них свирепой дворняги и начали стучать в дверь низкого, нищего, со слепыми оконцами дома. На крыльцо вышла женщина с перекинутой на высокую грудь распущенной косой, босая, в простой белой рубашке и незастегнутой юбке, похожая на героиню каких-то советских фильмов о войне. Когда они назвали себя, она безудержно расхохоталась и зажала рот кончиком косы. «Ой, не могу, — заливисто хохотала она. — Котенка своего выручать приехали? Ему что, в школу завтра вставать? Уроки не сделал, да? Ой, не могу! А он у бабы! Ой, не могу!» Она покачнулась от смеха, и тут они почувствовали, что от нее сильно пахнет вином,

— Ну, и что же дальше? — спросил он.

Истекала суббота, проведенная им на колесах. Приехав в Калугу, он все не мог решиться позвонить ей, слонялся возле дома, задирал голову, пытаясь разглядеть что-то в окнах шестого этажа. Наконец набрал номер и сразу же услышал негромкое: «Спускаюсь». Куда они сейчас ехали, он и сам не знал. Очень хотелось есть, но он понимал, что она должна выговориться, и поэтому грустно, сочувственно слушал, не перебивая.

— А потом мы вошли внутрь... — Она перевела дыхание. — Там такая грязь, бутылки, окурки. Две комнатки, крошечные. В первой Пети не было.

Он осторожно покосился на нее и был поражен тем, как она изменилась за это время: черты лица странно опустились, глаза потеряли всю свою голубизну, стали серыми и неподвижными.

— Петя отказался ехать с нами, — продолжала она, глядя прямо перед собой. — Муж попросил его выйти на минуту, поговорить. Я осталась с ней. Она мыла посуду не оборачиваясь, словно меня не было. И я страшную глупость сделала. Я спросила: «Зачем он вам? Вы ж взрослый человек, а ему всего девятнадцать». И она расхохоталась мне прямо в лицо. И знаешь, что сказала? — Она опять замолчала.

— Что? — спросил он.

— Она сказала: «А вы сами-то пробовали без мужика? Без этого дела?»

Она запнулась и громко сглотнула подступившее отвращение. Оба молчали. Он вдруг почувствовал, что весь этот рассказ вызвал в нем странное раздражение, словно в ее голосе и в интонации было что-то, напрямую связывающее их жизнь и эту нищую продымленную комнату, в которой пьяная баба оскорбила ее случайным намеком.

— Ну и что теперь? — справившись с собой, спросил он.

— Теперь? — отозвалась она. — Ничего. Я не могу на него смотреть. Мне надо привыкнуть.

— Чепуха какая-то! — вдруг сморщился он. — К чему привыкнуть? Что ты ведешь себя как гимназистка?

Она посмотрела на него своими изменившимися глазами. Лицо ее залилось яркой краской.

— Что ты имеешь в виду?

— Да ничего, — с нескрываемой досадой пробормотал он. — Все через это проходят. Закалится немного. Перебесится.

Она вдруг закрыла лицо руками, словно ей стало стыдно за него. Потом отняла руки и отвернулась. Они сидели рядом, смотрели в разные стороны.

— Отвези меня домой, — жестко произнесла она. — Поздно. — И добавила вскользь: — Жалею, что рассказала тебе.

Выскочила у подъезда и скрылась в нем, ни разу не обернувшись.

«Ну и что? — продолжал он мысленный разговор с самим собою, согнувшись над рулем и глядя в пупырчатое шоссе. — Зачем я потащился туда? Угробил целый день, не ел, не выспался... Чтобы слушать об этих подростковых проблемах? И выдержать еще одну сцену? Мало мне их дома!» Ее подурневшее лицо не хотелось вспоминать. Особенно эти чужие напряженные глаза. «Пусть теперь как хочет. Увидимся — хорошо, не увидимся — переживу. Надоело мне все это», — решил он и включил радио. Сморщенные темные избы тянулись по обеим сторонам шоссе. Шел вялый дождь, и было ветрено, холодно.

Через пару недель они помирились. Он позвонил в Калугу, и на следующее утро она приехала. Встретились они на квартире у бабушкиной подруги Ляльки, которая оставила свой ключ, на время переселившись в Тамбов к заболевшей сестре. То, как, задохнувшись, они бросились друг к другу, едва переступив порог этого пахнущего ландышевыми каплями старческого жилища, удивило обоих. Кажется, она плакала. Потом наступила чернота, в которой остался только кровяной вкус поцелуев и острые углы костлявых этажерок, на которые они натыкались руками.

— Она была очень предана ему, — говорит мой отец. — Теперь, когда его нет, все это так понятно... Так просто. Глупая жизнь у них была, скверная.

— А он? — спрашиваю я.

— Что — он?

— Он был ей... предан?

— Как тебе сказать? De mortuus aut bene aut nihil, — усмехается отец. — Наверное, был. По-своему. Но когда я говорил ему, что надо все бросить и жить с ней, он замыкался и уходил от этого разговора.

В самом конце шестидесятых годов в городе началось брожение, затронувшее, как ни странно, и его. Начали приезжать тихие знакомые из провинции, былые друзья по гимназии, чудом уцелевшие, просили у него пристанища на неделю, на две. По утрам они надевали до блеска выглаженные старомодные костюмы, повязывали провинциальные яркие галстуки и уезжали на весь день в низкорослое здание московского ОВИРа, где просиживали бесконечно долгие очереди к самому главному, от слова которого зависело, увидят они или нет троюродного дядю, проживающего в настоящее время в государстве Израиль. Он с удивлением заметил, что под тихой внешностью часто прятались мужество и готовность на риск. «Или ты думаешь, что можно здесь жить, Михеле? — нараспев говорили былые друзья, подзабывшие немецкий и польский, зато напитавшиеся характерной южной интонацией. — Или ты думаешь, что нам за детей не страшно?» Он только усмехался, пряча неловкость и стараясь, чтобы они не заметили косых взглядов недовольной Марины и растерянных — Люды.

В это же время он и получил потрепанное письмо, судя по всему, прошедшее огонь и воду и непонятно как доставленное ему. Письмо было написано по-немецки взволнованным женским почерком. «Дорогой Михеле, дорогой брат! — читал он. — Помнишь ли ты свою длинноносую кузину Адель, которая так любила тебя в детстве? Если забыл, то знай, что я не обижусь, потому что понимаю, что такое наша бедная память и прожитые годы. Сейчас мы снова живем в Висбадене после всего, о чем страшно вспомнить. Вырастили трех дочек, младшая вышла недавно замуж и уехала с мужем в Англию. А две здесь, неподалеку. Я давно уже бабушка и наслаждаюсь этим. Живем мы неплохо, и денег хватает, можем даже позволить себе слегка попутешествовать, увидеться с родными, которых так раскидала проклятая война. Кроме тебя, дорогой брат, никто из наших не забрался так далеко, и всем нам очень горько. Но мы слышали, что сейчас из России начали выпускать людей в гости, так вот мы и думаем: не приедешь ли ты хотя бы повидаться? Если это дорого стоит, напиши, и мы с мужем с радостью вышлем тебе денег на дорогу. Мне кто-то сказал, что за такое письмо у тебя могут быть неприятности. Не знаю, правда это или нет. Не угадаешь, кому теперь и верить. Говорят разное, голова идет кругом. Если бы ты знал, как я жду тебя и как счастлива была бы раскрыть перед тобою свое сердце, поплакать и повспоминать. Ведь ты подумай только, дорогой мой: целая жизнь!» Из письма вылетела цветная фотография самой Адели, превратившейся в седую, круто-кудрявую улыбающуюся женщину, присевшую на краешек плетеного стула посреди зеленой, коротко стриженной лужайки.

Люда вытаращила глаза, когда он показал ей письмо, и хрипло сказала:

— Вот уж и впрямь — послание с того света!

Реакция Марины была совершенно неожиданной:

— Ты же не собираешься, я надеюсь, отвечать на этот бред!

Он удивился:

— Какой бред?

Кончиком перламутрового ногтя Марина царапнула по фотографии улыбающейся Адели.

— Вот этот. Надеюсь, ты догадываешься, что мне этого не нужно.

— Почему именно тебе?

— Потому что в нашей семье именно я думаю о будущем.

— Чьем будущем?

— Своем, — просто ответила Марина, принимая ребенка из красных обваренных рук няни. — О своем будущем. И вы, пожалуйста, не мешайте мне.

Он понимал, о чем она говорит. Карьера. Поездки. Последняя — в Лондон, на две недели, при том, что английский даже не ее специальность. Кто-то покровительствует ей, это ясно. Люда, возможно, знает, но не проговаривается. Марина добьется своего. В этом она похожа на него. Он тоже... Выживал, продирался, выгрызал. А что теперь? Еще раз он взглянул на фотографию Адели. Сколько же лет прошло? Седая улыбающаяся старуха на кудрявой лужайке...

Он сидел у нас на Плющихе, и бабушка кормила его обедом. Вдруг он обхватил голову руками.

— Если бы кто-то сказал мне лет тридцать назад, что я побоюсь ответить свой кузине... Нет, это просто черт знает что!

Бабушка махнула рукой и полузасмеялась-полувсхлипнула:

— Да ладно, Миша! Какой с нас спрос! Пережили — не дай бог никому!

— Гадко, — сказал он и пожал ее руку выше локтя, — так гадко временами, что... Прихожу домой — слова сказать некому!

— Мне Костя, — вдруг усмехнулась бабушка, — муж мой, как-то сказал, что ничего нет больше того удовольствия, с которым все можно бросить.

Он приподнял брови, и бабушка пояснила:

— Ну, вот все, что у нас есть, можно бросить, и ничего страшного...

— Как? — сказал он. — Но ведь это не просто так досталось...

— А толку-то? — спросила она. — На тот свет с собой все равно не возьмем...

— Верно, верно, — он закивал головой. — Все верно, да только...

— Ну и что, что кашель? — раздражалась Марина. — Все дети кашляют! Поставь ему горчичник, и пройдет!

Люда испуганно соглашалась. Марина почти не бывала дома и в детских болезнях участия не принимала. Раздражение ее в последнее время усилилось, и она постоянно выговаривала матери, что ей не дают дышать.

— В качестве кого она ездит? — не выдержал как-то мой отец, преодолев неловкость.

Он опустил глаза:

— Переводчик, ведущая группы...

— Сопровождающей, значит?

Отец запнулся. Они напряженно помолчали, и вдруг он взорвался:

— Что ты мне это говоришь? — И перешел на немецкий: — Я ее толкнул на это? Я ее учил?

И угас так же неожиданно, как вспыхнул:

— В конце концов, она никому плохого не делает... Я ей не судья...

Вдруг случилось непредвиденное.

— У Марины роман с немцем из Кельна. Владелец компании. Что-то вроде этого. — Он понизил голос. — Миллионер.

Отец покраснел:

— Что значит — роман? А муж? А ребенок?

Он смущенно пожал плечами:

— Ребенком занимается Люда. А муж... Что муж? Они вроде расстаются. Он уже съехал...

Грустная, нежно подкрашенная Марина сидела в полупустом ресторанном зале «Националя» и слушала, что говорит ей седой подтянутый человек в ослепительно-белой рубашке и дымчатых очках. Такой же дымчатый, в цвет очкам, пиджак висел на спинке его стула.

— Я, как безумец, как юнец, теряю голову, — говорил седой человек. — Я никогда не испытывал ничего похожего.

Строчки из немецких лириков навязчиво лезли в голову, и, не выдержав, он процитировал что-то из Гёте. Марина светло, задумчиво улыбнулась. Перламутровые ногти коснулись его жилистого, поросшего рыжеватыми волосками запястья.

— Я хочу, чтобы ты верила мне, — прошептал он. — Наше соединение не случайно. Оно было обещано небом.

Марина подняла вверх, к лепному потолку, темные, широко открытые глаза.

— Я не пожалею ничего, — задохнувшись, сказал он, пытаясь перехватить ее отрешенный взгляд. — Мы должны быть вместе и будем. Жена не близка мне. У каждого из нас своя жизнь. Фактически я давно и безнадежно свободен...

Марина опустила голову и слегка пощекотала его рыжее запястье.

— Твой сын, — продолжал он, — будет нашим сыном. Нет жертвы, на которую я не пошел бы... Почему ты молчишь, любимая?

И тогда совсем тихо, низким, грудным голосом она произнесла:

— Научи меня словам, которые могут выразить счастье...

Через накрахмаленную скатерть седой человек припал к ее рукам:

— Моя любовь, моя жизнь...

На следующий день они прощались на Шереметьевском аэродроме. В присутствии всей немецкой делегации и провожающих ее советских официальных лиц Марина крепко обняла его за шею. Задрожавшими руками он сжал ее кудрявую темноволосую голову. Члены советской группы отвели глаза. Марина даже не взглянула в их сторону. Брови ее страдальчески надломились.

— Я приеду так скоро, как только смогу, — прошептал он. — Мы сразу же поженимся, как только я покончу со всеми формальностями.

Марина в отчаянии прижала руки к вискам.

— Боже, дай мне силы, дай мне силы, — скороговоркой пробормотала она, и слезы медленно поползли по ее щекам.

Он вытащил из кармана хрустнувший белый платок и вытер ее глаза. Невыносимо. Эта женщина... Самая прекрасная женщина в мире. И она страдает сейчас. Из-за него. И он ничего не может поделать. Обнявшись, они отошли в сторону. Советские официальные лица значительно переглянулись.

Марина положила голову на его крепкое, темно-синее шерстяное плечо. Терять было нечего. Будущее покажет, насколько она права. Он не бросит ее, будет метаться, добиваться и добьется своего. Значит... Да пропади все пропадом! Тряпки из комиссионного, анкеты, проверки, страхи, сорвавшиеся поездки, бессонные ночи, опостылевшие родители. Карьера, разумеется, кончена. Но чего она стоит, карьера, в этом зловонном болоте? И ведь не в любовницы он зовет ее! Нет! Не на гостиничные простыни, не на грошовые подарки, не на унижение неизвестностью. Она крепче прижала голову к синему шерстяному плечу. Фрау Марина Решке. Вы еще не знакомы? Милый Томас женился на русской. Красавица. Откуда там берутся такие женщины? Сквозь синие шерстинки, намокшие от ее слез, Марина увидела саму себя, громко захлопнувшую дверь золотистого «Мерседеса». Низкая зеленая ограда перед большим белым домом. Розовые кусты... Фрау Марина Решке. «Благодарю вас, Тереза. Возьмите там в багажнике покупки. Господин Решке не звонил еще? Я пойду в бассейн. Если он позвонит, поставьте телефон на маленький столик...»

Седой человек мягко отвел плечо.

— Любимая, объявляют посадку...

Она поцеловала его в губы:

— Я буду ждать тебя, Томас...

Он шел к самолету оглядываясь. Самая прекрасная женщина в мире грустно махала ему вслед белым платком. В конце концов, кто не рискует...

— Вдруг он начинал останавливаться, глотал какие-то таблетки...

— Сердце? — догадываюсь я.

— Не знаю, он не уточнял. А раньше ведь за ним было не угнаться! Уж на что я любил лыжи, но он... До остервенения. Без передышки.

Не обращая внимания, что где-то в самой глубине груди сжимает и сжимает, он летел по скрипящей лыжне в полосатой курточке, с коричневым от зимнего солнца лицом, ухал на крутых склонах:

— Ух, хорро-шо, мать честная!

Небо выплывало из-за холма, сверкающего белизной с золотым солнечным отливом. Происходящее там, на Беговой, в пятикомнатной шаткой крепости с ненастоящим камином, переставало мучить, отступало на время. Размазывалось.

— Привал! — кричал мой отец, снимал лыжи, доставал из рюкзака еду.

Они присаживались на корточки, разворачивали бутерброды, жмурились на солнце.

— Красота какая! — говорил он и жадно белыми зубами вонзался в колбасную мякоть. — Эх, пожить бы так, чтобы никто не трогал!

— Ну, что там? — мрачнел отец.

— Да что? — огорчался он, и тень набегала на его лицо. — Она развелась, а немцу не дают визу, он не может приехать. Ее никуда не выпускают тоже. Работы нет. Паршиво.

Отец разлил по пластмассовым стаканчикам черный кофе из термоса.

— Я бы лучше чайку, Ленька, — смущенно сказал он. — Сердце что-то очень стучит. Хотя ладно, давай кофе, где наша не пропадала! — И, обжигаясь, продолжал: — Ей не простят такого. Я очень тревожусь. И не знаю, как помочь. Да и все равно она бы не послушала.

— Что ты можешь сделать? — спрашивал отец. И громко, на весь лес, произносил, словно теша самого себя: — КГБ! Они шутить не любят. Ведь она же на них работала? Так?

— Так. — Он пожимал плечами. — Похоже, что так... Учитывая все эти поездки... Мы это, как ты понимаешь, не спрашивали.

— На что она живет? — спрашивал отец, как бы не настаивая на ответе.

— Да он ее подарками завалил! Посылками. И деньгами, кажется, тоже. Ну, она их, конечно, переводит в рубли... Машину собирается покупать. Вообще, знаешь, настоящая европейская женщина! Сколько она меня мучила за последние годы, а я все-таки восхищаюсь! Моя же дочка! Я ведь ее пеленал! Куда денешься?

— Срывается она? — неловко бормотал отец.

— Очень, — признавался он. — Но я понимаю. У нее нервы перенапряжены. Не спит. Настроение скверное. Полная неопределенность. Ребенка жаль. Он никому, кроме нас с Людой, в сущности, не нужен.

Над домиком лесника, золотившимся посреди опушки, вился легкий дымок. Белое промороженное беззвучие нарушалось лишь редким вороньим криком.

— Ну, поехали, Михеле, — по-немецки говорил отец и резко отталкивался палками от взлетающего вверх снега. — Выкинь ты все это из головы. Она справится, вот увидишь.

Он застегивал свою полосатую курточку, надевал рукавицы.

— Беда в том, — и опять опускал глаза, — что я в такой ситуации ни на что не могу решиться...

— Можно подумать, что в другой ситуации ты бы решился...

— Может быть, может быть. — Он отрывался от земли, и где-то глубоко в груди опять сжимало. — А сейчас я поступаю так, как обязан, как мне велит сердце. Я не могу разорваться пополам, не могу. Это моя дочка...

— Да, — уже на бегу отзывался отец. — Мы их пеленали, пеленали. А потом они выросли...

Белые гладкие холмы лежали перед их слезящимися глазами, как туго спеленутые свертки. Шапки опушенных снегом кустов напоминали растрепанные детские головы. Вдалеке надрывно заголосила электричка. Эх, хорошо, мать честная... Оставили бы нас всех в покое...

Из Кельна приходили большие красивые свертки. Люда хрипловато вскрикивала от восхищения. Закусив губу, Марина прикидывала перед зеркалом свитера, платья, куртки.

— Это продадим, — жестко говорила она. — Позвони Люське. Это дерьмо вообще никому не нужно, будет чей-нибудь день рождения — подарим. Это вроде ничего... — откидывалась назад, не спуская с себя глаз. — Буду носить. Кофту с золотыми пуговицами, ма, бери себе, она какая-то старушечья. Ха! Ты посмотри! Коктейльное платье! Он вообще ничего не соображает! Куда я его надену? Мусор выносить?

Лицо ее краснело, и глаза становились мокрыми. Люда гладила ее по спине короткой пухлой рукой:

— Но мы же надеемся...

— Ох, ма-а-ма! — почти кричала Марина. — Ма-а-ма! А если ничего не получится? Какого черта я все это затеяла? Мне что, спать не с кем было? Или кушать нечего?

У Люды мелко дрожал подбородок.

— Ты никогда ни с кем не советовалась, мы с отцом давно ушли из твоей жизни...

— С отцом? — перебивала Марина. — С каким отцом? С этим бабником старым я буду советоваться? Кстати, — и она переходила с крика на свой обычный, вкрадчивый голос. — Я думаю, нам лучше разменять квартиру. На трехкомнатную и двухкомнатную. Можно, в крайнем случае, слегка доплатить.

— Мне кажется, он не согласится, — неуверенно возражала Люда. — Он так любит эту квартиру...

— А кто его будет спрашивать? — усмехалась Марина и вновь принималась за вещи.

Ни один человек в мире не раздражал ее так сильно, как отец. Звук его голоса действовал, как скрип ножа по стеклу. При этом она хотела, чтобы его подчинение ей и матери было полным и безоговорочным. Выражения преданности и робкой зависимости вызывали какое-то болезненное удовлетворение, хотелось поймать его унижение, его слабость. Эта женщина, которую она никогда не видела, вызывала физическое отвращение. Она отняла у нее отца. С тех пор как они встретились, у Марины появилась соперница. Не у матери, мать была не в счет, он не обязан был любить ее и быть ей верным, но у самой Марины, главной и единственной, которая с детства знала, что, если у нее вдруг заболит живот, он испугается и побледнеет, а если девочка из параллельного класса скажет ей гадость, он пойдет к учительнице объясняться. И ни у кого не было таких платьев, как у нее, и таких сапог, купленных втридорога, и, главное, такой власти над этим невысоким, сияющим, элегантным человеком, на которого она как две капли воды похожа. Куда же все это делось? Как она пропустила момент? Не запретила ему? Не настояла на своем? Сейчас, когда она стала взрослой женщиной, детское чувство оскорбления переросло в ненависть. Лучше всего было разменять квартиру и разъехаться. Но пусть он и тогда служит ей. И матери. За все, что они пережили в течение этих лет, за все обиды, все...

— Опять к своей конотопской бляди поехал, — отчетливо произносила она в те дни, когда, наскоро придумав какую-то отговорку, он исчезал из дому.

Опухшее со сна материнское лицо покрывалось пятнами. Рука беспомощно опускала на блюдечко чайную чашку.

— Откуда ты знаешь? Может, там все уже кончено? — неуверенно шептала мать, виновато глядя поверх Марининой головы.

— Кончено? — взвизгивала Марина. — А ты помнишь, какой он явился оттуда прошлый раз?

— Какой? — Мать прыгающими пальцами хваталась за сигарету.

— У него весь воротничок был испачкан помадой, — весело смеялась Марина. — Не помнишь, да?

— Не помню, — хрипло выдавливала Люда.

— А она ничего, знает дело, — продолжала Марина. — Даром что из провинции!

— Тебе приятно мучить меня, да? — всхлипывала мать.

— Ма-а-ма! — Марина наваливалась грудью на стол, блестела в материнские глаза темными страшными зрачками. — Ма-а-ма! Посмотри, на кого ты похожа! Думаешь, дело в тряпках? Думаешь, ему интересно, какая у тебя шуба и какая пижама? Плевал он на это! Мужчине нужно только тело! Голое тело, и больше ничего! А тряпки — это трата денег, это вызывает одно раздражение!

— Но в его-то возрасте... — шептала Люда. — Какое тело...

— Ты убиваешь меня, мама! Именно в его-то возрасте! Возраста для этого не существует! Они и влюбляются по-настоящему, только когда им пятьдесят и больше! Потому что время подстегивает! Тут-то все и начинается. Почему, ты думаешь, Томас так сходит с ума?

Томас сходил с ума. Два раза в неделю он звонил ей из Кельна. С оказией переводил деньги. Обивал пороги в ожидании советской визы. В визе регулярно отказывали. Она понимала, что это месть ей за попытку перейти дозволенное. Она увлеклась новыми возможностями и изменила своим. Свои были завистливы и злопамятны. Друзей становилось меньше, знакомство с ней могло привести к неприятностям. И это после такого взлета, такого успеха, таких виражей! Отец был виноват во всем. В чем? Объяснить она не могла. Но он был виноват и должен был расплачиваться вместе с ней. Пусть. К черту. Пусть все тонет.

Ему не спалось. Мешало какое-то настойчивое хрустение в воздухе. Казалось, что все предметы: стена розового будуара, Людины волосы на подушке, кусок крыши за отогнувшейся шторой —

все слегка похрустывает и движется. Чтобы заснуть, нужно было остановить это движение. Забыть о нем. Он встал и вышел на кухню. Марина сидела за столом поджав ноги, пила чай.

— Почему ты не спишь? — спросил он.

— А ты?

— Бессонница.

— У меня тоже.

— Тебе еще рано.

— А я думаю, как раз.

Сейчас, в предрассветном полумраке, она казалась ему моложе и напоминала саму себя в детстве, в том времени, когда ничего этого еще не было: ни перламутровых ногтей, ни хриплого голоса, ни мужчин, маячивших за ее плечами, где-то раздевающих ее, оскорбляющих, ласкающих. Чужих мужчин, похожих на него, ее отца. Она шумно втягивала чай, вытянув губы трубочкой (сколько раз он отучал ее от этой привычки! Откуда опять?), и лицо у нее было грустное и слегка обиженное, словно он запретил ей пойти на елку во Дворец съездов.

— Тебе бы поехать куда-нибудь, — вздохнул он, дотрагиваясь до ее затылка.

— Куда? — спросила она.

— Если ты хочешь, я что-нибудь придумаю, — привычно пробормотал он. — Достану путевку.

Она оторвалась от чашки. Глаза ее покраснели.

— Поздно, — жестко сказала она.

— Что — поздно? — растерялся он.

— Поздно тебе меня задабривать. — Глаза ее краснели все больше и больше. — Сам езжай куда хочешь.

Он беспомощно привалился спиной к дверному косяку.

— За что ты ненавидишь меня?

— А ты? — прошептала она.

— Что — я? Ты же знаешь, что для меня нет никого дороже, чем ты и ребенок...

— Чем я, ребенок и еще кое-кто! — выкрикнула она. — А я, ребенок и еще кое-кто не сочетаемся! Или — или! Можно было выбрать!

Она встала, отодвинула чашку. Перед ним были два человека: его дочка с обиженным лицом и растрепанными волосами, такая молоденькая и неудачливая, и одновременно чужая, взрослая женщина с хищно сжатыми перламутровыми пальцами, у которой своя жизнь, свой собственный сын и мужчины, имен которых он даже не знал...

Через неделю наступили весенние каникулы.

— Ольга приедет в Коктебель, — сказал он моему отцу по телефону. — Я снял комнату недалеко от Дома творчества.

У отца опять застрял в горле вопрос о семье, о муже, но он промолчал, ничего не сказал. Потом посоветовал:

— Постарайся отдохнуть, Михеле, не думай ни о чем.

— Я ждал этого несколько лет, — ответил он. — Ты-то знаешь...

И опять отец хотел спросить его: «А как же, если все откроется? Как же она тогда? Куда она вернется?»

И не спросил.

Утром они шли на море. Вода была еще холодной, но камни к полудню теплели от солнца. Они лежали рядом на этих теплых камнях — рука в руке — и чаще всего молчали. Говорить не хотелось. Любой разговор неизбежно затрагивал их прошлое или будущее. Настоящее существовало только здесь, на этих теплых камнях, голубоватых от близости моря и неба.

Впереди был длинный, унизанный цветущими веточками миндаля день, в пышных облаках, которые вместе с цветущим миндалем и белой пеной волн делали его каким-то ослепительно-светлым, а за ним — длинный, пахнущий водорослями южный вечер, главным звуком которого был звук потемневшего моря, а главной краской — яркая, медленно сгорающая полоса заката на горизонте, и в заключение всего была ночь.

Однажды ночью он случайно задел ремешком от часов ее выпуклую темную родинку на переносице. Тут же пошла кровь. Родинку зажали ватой, но кровь еще долго не останавливалась, и вкус ее долго помнили его губы. В предпоследний день отправились в горы. Она шла впереди по узкой горной тропинке. «Какие у тебя смешные ямочки на локтях», — начал было он и не успел продолжить: вдруг она вскрикнула и неловко повалилась навзничь. Он не успел даже подхватить ее. Она лежала на земле без сознания и ловила губами воздух. Лицо ее становилось ярко-белым. На левом плече быстро вздувалась краснота от осиного укуса. Дрожащими руками он попробовал поднять ее, но, содрогаясь от мелких частых судорог, тело ее опять сползло на землю. Тогда он закричал от ужаса и начал покрывать поцелуями ее лицо, словно поцелуи могли изменить что-то. Ни души не было рядом. Задыхаясь, он все-таки поднял ее на руки и пошел вниз, спотыкаясь на узкой тропинке и боясь оступиться и потерять равновесие. Вдруг прямо над его головой закричали какие-то невидимые птицы. Ему показалось, что она перестала дышать, и, опустив ее на землю, он принялся считать пульс. Пульс был вялый, неотчетливый. Тогда он понял, что надо немедленно высосать яд, и впился в красное вспухшее пятно укуса. Она застонала, стиснутое дыхание вырвалось из ее рта.

— Бог мой! — взмолился он по-немецки. — Бог мой! Помоги нам!

И тут же услышал шум машины со стороны дороги. Через полчаса в маленьком приемном покое местной больницы она пришла в себя. Сердитый молодой врач с пятнами застиранной крови на халате спросил ее:

— Вы знали, что у вас аллергия на осиные укусы?

— Знала, — прошептала она.

— Ну вот, а муж ваш даже не знал и не догадывался! Который раз вас укусила оса?

— Второй, — выдохнула она и сделала попытку приподняться, чтобы убедиться, что он рядом.

— Я здесь, здесь, — торопливо сказал он, приглаживая ее волосы.

— Запомните, — резко сказал врач. — В третий раз наступит кома. И кончится смертью, это я вам точно говорю. Сейчас-то еле откачали...

Ледяной ужас пополз по его позвоночнику, словно липкое, живое существо. Как это — смерть? Чья — смерть?

Весь следующий день она проспала. Он тихо лежал рядом, привалившись плечом к ее плечу, но не сомкнул глаз. Какая-то мысль все ускользала от него, хотя он честно пытался сосредоточиться и понять ее смысл. Мысль была о возможной смерти. Но как только он пытался представить себе смерть по-настоящему, логика его представлений произвольно обрывалась, и в голову лезли второстепенные картины: похороны в городе Калуге, на которых он должен будет столкнуться с ее детьми и мужем, реакция Люды на его состояние, вопросы тех двух-трех людей, которые знали об их отношениях, — но главного он ухватить не мог. Главным же было его одиночество в оставшейся без нее жизни. И это было так жутко, что он немедленно отвлекался на все что угодно, только бы не думать об этом.

— Пить хочется, — вдруг послышался ее голос.

Он торопливо поднес ей стакан с водой.

— Давай поженимся, а? — вдруг громко произнесла она.

— Что? — не понял он.

— Нет, я говорю: давай поженимся, а то так очень страшно.

— Страшно?

Он вдруг почувствовал, что сейчас-то она и схватит словами все, от чего он старательно отмахивался.

— Не это ведь страшно, — проговорила она и крепко сжала его руку. — Не это ведь... Ну, вранье наше, или ссоры, или недомолвки... — она перевела дыхание. — Это чепуха. А вот то, что наступит день, когда у нас отнимут право быть вместе, потому что у нас этого права нет... Это, по-моему, просто невозможно.

— О чем ты? — сознательно не понимая, прошептал он.

— Я о том, — понизив голос, сказала она. — Я о том... что, когда кто-то из нас... будет уходить, — она запнулась, — навсегда уходить, давай мы лучше будем вместе. А то...

Он молчал. Она прижалась лицом к его лицу.

— Почему ты не отвечаешь?

— Не надо так шутить... — пробормотал он. — Почему это должно случиться? Глупости...

— Отец называется, — прошипела Люда. — Дед называется. — Она щелкнула щипчиками для сахара, и ему показалось, что это клацнули зубы. — Думаешь, я не догадываюсь, как ты отдыхал? Мне-то наплевать. — И она закурила трясущимися пальцами. — Но странно все-таки, что ты можешь так заботиться о себе, когда твой ребенок...

— Что изменилось, пока меня не было? — устало спросил он.

— Что? — ахнула Люда. — Ничего не изменилось, вот это и ужасно! Томасу еще раз отказали в визе! Над ней просто издеваются! Кто-то постоянно звонит и вешает трубку! Ты посмотри на нее! Так ведь — не дай бог! — до петли доведут! — Люда громко всхлипнула. — А ко всему прочему, зять позвонил вчера, сказал, что никогда не даст ей вывезти мальчика! Подонок!

— Ну, — пробормотал он. — Подонок не подонок, но его можно понять...

Губы ее открылись, как кривое «о».

— Что понять?

— Как — что? — взорвался он. — Это разве так просто — лишиться сына?

— Не тебе это говорить, — вдруг спокойно сказала Люда и смяла окурок в пепельнице. — Не тебе, дорогой.

Она подняла глаза от сероватой сморщенной струйки, и вдруг он увидел на ее лице ненависть. Из розового, блестящего от утреннего крема оно стало серым, острым, волчьим. Словно тайна какая-то обнажилась перед ним. Чистая отстоявшаяся ненависть была в ее прояснившихся неподвижных глазах.

— За что ты меня так? — усмехнувшись, шепнул он. — Уж как-то слишком...

— Иди ты знаешь куда! — крикнула она и зажмурилась. — В гробу я тебя видала с твоими умностями! Попил моей крови, хватит!

Под утро он проснулся от невыносимой тяжести в сердце. Сквозь сомкнутые веки ему померещилось, что стеганые стены с золотыми шляпками гвоздей разбухают, движутся и напоминают коктебельскую морскую воду. Из розовой, освещенной солнцем, вода становилась пронзительно-красной, густой, тяжелой, вкус ее был вкусом крови, вкусом содранной родинки. Со всех сторон она хлынула на него, и, не просыпаясь, он начал судорожно шарить руками в поисках какого-то бинта, тряпки, полотенца. Ничего не было рядом, кроме большого знакомого тела жены. В голове отчетливо мелькнуло, что можно взять и использовать ее тело как тряпку или полотенце. И он увидел самого себя, спокойно приподнимающего Люду с простыни и вытирающего кровь ее теплой творожистой плотью. От ужаса он сразу же пришел в себя. Люда мирно спала рядом. Ее тяжелая увядшая голова прижималась к его плечу своей вытравленной перекисью прядью. Он хотел встать, но резкая боль в низу живота помешала ему. Нашарив рукой кнопку ночника, он осторожно спустил ноги с кровати, и тут же ладонь его почувствовала влагу. В нескольких местах на простыне были яркие пятна крови.

— Полное, полное обследование. Само по себе кровотечение из кишечника вызывается разными причинами, — объяснила ему старая усатая армянка, его лечащий врач из ведомственной поликлиники. — Сразу начинайте, не откладывайте. И направление к урологу я вам дам.

...остальное, в сущности, мне известно понаслышке. Из чужих недомолвок, сплетен, неловких замалчиваний...

— Ему вроде сразу предложили операцию, так? У него началась эта, как ее... Простата?

Разговор идет в присутствии моего отца, и тот хмурится.

— А он вроде спросил у врача: «Смогу ли я после операции?..» Понимаешь?

Многозначительная пауза, и разговор обрывается. Отец молчит.

— Ну, и когда врач сказал, что... В общем, он отказался. То есть он признался, что у него есть женщина, и потерять ее... То есть он себя просто погубил. Он попросил отсрочки. А вдруг обойдется?

Отец мой все молчит и молчит, хотя та, которая говорит, явно нуждается в его подтверждении.

— Я ничего не понимаю, — вздыхает она наконец, — такой ведь был любитель жизни... И — на тебе!

— Да, — негромко говорит мой отец. — Он был любитель жизни. Действительно, был.

Марину словно подменили. Раздражение, хмурое лицо, домашние скандалы прекратились. Несколько дней она ходила с торжественными, хитрыми глазами, исчезала с самого утра, запиралась у себя, а на Восьмое марта вдруг сунула няньке в подарок ядовитого цвета огромную мохеровую кофту. Наконец как-то вечером, размешивая ложечкой сахар, сказала родителям:

— Томас приезжает в конце месяца. Мы расписываемся.

— Господи! — разрыдалась Люда и тут же засмеялась сквозь слезы: — Слава тебе, Господи!

«Значит — все», — сверкнуло у него в голове. Они уедут. Внук, сидящий у него на коленях, с размаху шлепнул ладонью по вазочке с вареньем. Вазочка перевернулась, и жидкое клубничное варенье растеклось по столу. Опять померещилась кровь. Что это? Бог мой! Как больно. Все разрывается, кровоточит. Она уедет и мальчика увезет. Они останутся с Людой. Так было когда-то давно, много лет назад, до рождения самой Марины: он и Люда. Молодые, вдвоем. А сейчас? Это ужас какой-то: они уедут навсегда. Отношения разорваны, испорчены. Кровоточит. Она не позвонит, не навестит. Дочка моя. Ведь моя? Люда вытирала варенье мокрым полотенцем. На белом полотенце клубничные ягоды краснели, как сгустки крови. Вот и всё. Не будет ни скандалов, ни истерик, ни упреков. Она уедет и увезет ребенка.

Черное лакированное дерево кровати отражалось в огромном зеркале. В зеркале мелькали растрепанные темные волосы Марины, ее растопыренные перламутровые пальцы, сжавшие чью-то огромную седую шевелюру.

— Сука ты, стерва, — сдавленно доносилось

из вороха смятых простыней, смешиваясь с хриплым тяжелым дыханием. — Я ведь на тебе чуть было не женился тогда, после Барвихи. А ты, сука, на немца перепрыгнула! Ну, говори...

— Сережа! — вскрикивала Марина, и голос ее звучал влажным голубиным клекотом. — Сережик мой! Если бы ты тогда сказал мне, что это серьезно... А так... Сколько лет мы вместе...

Клекот замер в ее белом закинутом горле. Зеркало отразило мощную спину, вдруг побагровевшую, заслонившую собой ее упавшие перламутровые пальцы, перепутавшиеся волосы, поднятые колени. Хриплое дыхание оборвалось перепончатым странным звуком, напомнившим собачий лай.

В зеркале скользили медленные движения одевающейся Марины. Рука в нежных кольцах дотронулась до яркого пятна над левой грудью.

— Опять след оставил, — влажным голубиным клекотом сказала она тому, кто горою заросших шерстью мышц возвышался над смятыми простынями.

— Ты еще не такого заслуживаешь, — низким басом сказал лежавший на постели человек. — Но я обещал и выполню: поедешь моим человеком. И чтобы вся информация была у меня на столе. Без опозданий. А то я как замуж тебя выдал, так и разведу — глазом моргнуть не успеешь! Ребенка можешь забирать. Слизняк тебе ничего не сделает. Позвонят ему, откуда следует, и все объяснят. Но избавиться от меня тебе не удастся, об этом забудь. Буду наезжать. С прежней любовью. Это уж ты потерпишь... И ты сюда будешь наведываться, в эту кроватку. В командировки. С докладами. Все поняла?

— Все, — влажными, вишневыми свеженакрашенными губами ответила Марина, застегивая последнюю золотую пуговицу на блузке. — Я тебе этого никогда не забуду... — Она быстро сверкнула на него темными глазами. — Спаситель мой милый...

И тут же, как кошка, прыгнула обратно в постель, в ворох смятых простыней и подушек.

Дымчатый, с уголком белого накрахмаленного носового платка в кармане, прилетел из Германии Томас. Открыл перед нею бархатную коробочку с обручальным кольцом. Состоялась скромная домашняя помолвка при свечах, с французскими сырами и итальянскими винами. Посторонних не было: только счастливая парочка и они с Людой. Люда была в черном шелковом платье, нитка мелкого жемчуга два раза обхватывала ее морщинистую шею. Марина в пенных белых кружевах. Плечи и грудь, как всегда, обнажены. Свечные блики лоснились на ее коже. Остановившимися за дымчатыми стеклами зрачками Томас восторженно смотрел на выпуклое начало ее приподнятой корсетом груди в низком вырезе белой пены. Вилка прыгала в его пальцах. Когда выпили второй бокал шампанского, Марина вдруг подошла к отцу и погладила его по щеке. Обернула темноволосую голову в сторону Томаса, улыбнулась его восхищенному взгляду. И, словно позируя, прижалась виском к отцовскому плечу.

— Как вы похожи, — сияя сказал Томас. — Одно лицо.

Что-то сдавило ему горло. Он вдруг крепко прижал к себе Маринину голову.

— Папочка, — прошептала она успокаивающе, но не вырвалась, не оттолкнула его, а, наоборот, обхватила его шею обеими руками и крепко поцеловала влажными губами с тем характерным, еле слышным причмокиванием, которое сохранилось у нее с самого детства. Потом опять улыбнулась влюбленному взгляду жениха и стерла с отцовской щеки следы своей вишневой помады.

Утро пришло с резкой болью где-то в боку, отдающей в поясницу. Сморщившись, он ходил по квартире, потому что казалось — двигаться легче, чем лежать. Люда повысила голос:

— Я на тебя смотреть не могу.

— Не смотри, — отмахнулся он.

— Может быть, ты все-таки к врачу сходишь? Мы, слава богу, не в Калуге, есть к кому обратиться!

«И тут не удержалась, — удивленно подумал он. — Видит же, что я мучаюсь...»

Начались изнурительные скитания по врачам. Он часами просиживал в коридорах поликлиники, наизусть выучил все плакаты. Узнал, как помочь утопающему, как наложить жгут, как бороться с алкоголизмом... Самому себе не хотел признаться, что каждое прикосновение холодных сухих пальцев, трубочек, иголки, черного нарукавника для измерения давления страшит его. У этого мира были цепкие щупальца: уролог посылал к физиотерапевту, кардиолог — на рентген, с рентгена нужно было попасть к гастроэнтерологу. Точного диагноза никто не ставил: обнаружили следы зарубцевавшейся язвы, предположили даже инфаркт, прошедший незамеченным, камни в почках, кое-что еще, о чем думать не хотелось... Когда он возвращался домой, никто не спрашивал его о результатах.

Марина готовилась к отъезду. Люда с ног валилась от усталости, внук, как назло, подхватил ветрянку. Не веря себе, он вдруг обнаружил, что все ящики Марининых шкафов, письменного стола, знаменитая Людина шкатулка с драгоценностями — все закрыто на ключ. «От меня, что ли? — мелькнуло у него в голове. — Да они с ума сошли!» Потом запретил себе даже касаться этой темы. Никто из них не сошел с ума. Просто перешли черту благоразумия. Все кончилось. И казалось, что, запакованная в большие чемоданы на колесиках, приготовилась к отъезду целая его жизнь.

У внука было несчастное лицо, обмазанное зеленкой. Он хотел взять его на руки, но почувствовал, что не может, тяжело. Тогда, опустившись рядом с кроваткой на корточки, он сказал ему:

— Давай поиграем в индейцев.

Маленькие резиновые индейцы знали, кто есть кто: один был Джим, а второй Джон. Четырехлетний внук был за Джона, он за Джима.

— А Джон уехал в Кёлин, — сказал внук и спрятал Джона под одеяло. — Со мной и мамой.

— А я? — спросил он. — А как же Джим?

Обмазанное зеленкой лицо выразило честное удивление.

— И Джим с нами, — сказал внук. — И ты. И я. И мама. И Люда.

Он сглотнул подступивший к горлу ком: «Маленький мой». Отошел к окну, отодвинул тяжелые шторы. Мокрая черная земля блестела неверными огнями, хрипела гудками. С неба ее заливало кривым озлобленным дождем. Раньше все это казалось другим. Что это значит? Или жизнь выглядит так уродливо, когда кончается, иссякает?

Марину и Томаса расписали в специальном загсе, где оформляются браки советских граждан с иностранцами. Когда церемония закончилась, Томас сказал, прижимая к левой стороне груди Маринину руку в белой перчатке и новом обручальном кольце:

— Венчаться будем дома.

— Да, — ответила Марина и поправила его седую, с голубоватым отливом прядку на виске. — Я всегда хотела этого.

Томас улетел первым, и она, неправдоподобно быстро устроив все дела и получив документы, вылетела следом вместе с ребенком. Сизое пятно над левой грудью слегка беспокоило ее: вдруг заметит? Любому школьнику ясно, что это след поцелуя. Но ничего, можно придумать что-нибудь, выкрутиться. Подкожное кровоизлияние... Мало ли что... Теперь это уже не так важно.

В один из этих дождливых промозглых дней умерла моя бабушка, намучившись и изболевшись. В день ее похорон дождь неожиданно сменился снегом. За те несколько минут, которые понадобились, чтобы дойти от машины до крематория, все лицо мое искололо острым мелким снегом, и потом, под каменными сводами зала, в центре которого на странном возвышении лежала какая-то помолодевшая, неузнаваемая моя бабушка, исколотое лицо начало гореть, как будто его потерли колючей заледеневшей варежкой. Он немножко опоздал и, может быть, поэтому один из всех запомнился мне. Стоял в дверях, маленький, в расстегнутой дубленке, с букетом длинных, засыпанных снегом, еле живых астр и убитыми глазами смотрел прямо перед собой. Музыка выворачивала мне душу, но слезы не приходили, и ни до него мне было, и ни до кого, и ни до чего... Но одна деталь все-таки врезалась в память: когда уже закрывали гроб, у отца, до той поры не проронившего ни звука, вдруг вырвалось какое-то короткое звонкое рыдание, и, протиснувшись между стоящими, он быстро подошел к нему и крепко взял его под руку.

Вскоре мы уехали. На аэродроме, гудящем, как улей, я, плача, спросила его:

— А вы? Вы не собираетесь?

— Да куда мне! — он махнул рукой. — Может быть, я и собрался бы, но Мариша всегда была против отъезда. Да и тетя Люда, ты знаешь... Да и вообще... Все это не для меня. Вот если бы повидаться... Ну, бог даст, я к вам в гости приеду...

И обнял меня, вымученно засмеявшись.

...Изредка отец получал от него письма. Как всегда, по-немецки, мелким почерком. В каждом письме он вскользь жаловался на нездоровье, писал, что недавно провалялся в больнице на обследовании, сообщал о своем одиночестве. «Люда, — было в одном из писем, — почти все время живет у Мариши в Германии, сидит с ребенком. А я там не был ни разу». Как-то, видимо, отвечая на вопрос моего отца, обмолвился: «Видимся. Но редко. Хотя чувства всё те же».

— Мивая, — сказал он в телефонную трубку. — Я не смогу приехать завтра, не получается...

И услышал знакомое дыхание. Потом она произнесла:

— К Фене сестра нагрянула. Там уже нельзя будет. Ты слышишь? Я с ней рассчиталась.

Феня была старуха, у которой они за гроши снимали комнату на одной из калужских окраин.

— Я неважно себя чувствую, — проговорил он, — но ты не волнуйся, ничего такого. Постараюсь на той неделе. Подыщешь что-нибудь? Только не давай никаких задатков, я приеду, и договоримся. — И вдруг как-то само собой вырвалось: — Мы же не знаем, на сколько это...

Года через два после нашего отъезда он написал в письме, что едет в Висбаден к своей двоюродной сестре. Наконец-то получил разрешение. Сообщение было лаконичным и заканчивалось словами: «Как долго я прогощу там, неизвестно. Официально еду на месяц. Но здоровье может помешать и сорвет все мои планы». Из Висбадена он позвонил, и отец не сразу узнал его: так глухо и слабо звучал голос.

— Я совсем разболелся, Ленька, — сказал он. — Похоже, что совсем. Думал, меня здесь прооперируют. Но это невозможно по ряду причин. Наверное, меня будут резать в Москве. Если будут.

— Сколько ты пробудешь там? — спросил отец.

— Не больше десяти дней. Я еще хочу заехать на денек-другой к Маришке. Попрощаюсь с ней — и домой.

— А как же ты будешь в Москве один?

— Ну, как... — тихо усмехнулся он. — Я уже привык...

— Почему ты не возьмешь ее к себе?

— Ее? — Он помолчал, потом спокойно сказал: — Это теперь исключено. Чтобы она за мной ухаживала? Сохрани Бог от такого. Нет, теперь поздно.

— Что значит — поздно? — не понял отец.

— Если меня вытащат, — вдруг тихо сказал он, — если я почувствую, что еще поживу, тогда мы будем думать... Но не сейчас, нет...

— Что ты говоришь, ты с ума сошел, Михель!

— Ленька, — почти шепотом сказал он. — Приезжай, попрощаемся...

— Папа, — кричала я, и океанские волны накатывали на слово «папа» и оттаскивали его вместе с водорослями. — Как же можно не поехать, если он просит?

Был конец сентября, зеленый, теплый, тихий. Мы шли по берегу океана и обсуждали вчерашний телефонный разговор.

— А как я поеду? — отступал он под моим натиском. — Меня же только что взяли в университет. Кто же будет держать преподавателя, если он с самого начала семестра так себя поведет?

Это было серьезным соображением. Мой отец не хотел и боялся очутиться в положении старика-эмигранта, живущего на пособие. Новая реальность диктовала жесткие законы.

Я еще поспорила немного, но как-то по-детски звучало то, что я произносила, хотя все было чистой правдой:

— Ведь самый близкий друг. Ведь столько лет, подумай... Как же так? А вдруг это действительно конец? Неужели твой университет стоит такого?

Отец развел руками. На лице его было какое-то неловкое, беспомощное выражение, и разговор о поездке оборвался.

Больше звонков — ни из Висбадена, ни из Кельна — не было. Обиделся? Не похоже на него. Отец угрызался и ждал. Этот слабый, глухой, неузнаваемый голос стоял в ушах. Надо было, наверное, поехать...

Он вернулся в Москву утром в самом конце сентября, и в это утро неожиданно, несмотря на теплую предыдущую неделю, пошел снег. На шумном, тускло освещенном Шереметьевском аэродроме, полном голодных костлявых солдатиков, никто не встретил его. Да и кто мог встретить? Вещей, слава богу, было немного, хотя Адель старалась подарить ему как можно больше. Он отводил ее руки со свертками и пакетами:

— Я ведь не дотащу...

У Адели глаза наполнялись розовыми старческими слезами:

— Михеле! Они тебе сделают операцию, и ты сам увидишь, как быстро все уладится! На будущий год приедешь к нам здоровым и веселым. Зиги тоже был болен три года тому назад! Что они только не говорили мне, эти умники! Как запугивали! И посмотри, ведь обошлось!

Зиги — на две головы выше Адели — похлопывал его по плечу:

— Правда, Михеле, правда...

Три часа перелета навсегда отрезали от него большую уютную квартиру с мягкими шагами Адели, ее негромким голосом, ее заботами, розовыми старческими слезами. Всё, с этим покончено. А в Москве шел снег, и на тускло освещенном Шереметьевском аэродроме голодные костлявые солдатики в больших казенных фуражках следили за порядком выцветшими узкими глазами. Он долго ждал такси, промерз, всю дорогу до дома его тошнило. Нахохлившаяся лифтерша, закутанная в серый платок, ахнула, увидев его:

— Михал Яковлевич! Вы никак заболели?

Он почему-то обрадовался ей, как родному человеку, хотел сразу вытащить из чемодана какой-нибудь сувенир, но она жалостно замахала на него вязальными спицами:

— Идите, идите! Дайте, я вам с чемоданом-то подсоблю!

И подтолкнула вместе с ним чемодан к самому лифту.

Вся квартира была покрыта мохнатой пылью. Ничего не осталось в этом доме, кроме серой пыли, плотно затянувшей старинную мебель, наши дачные кресла с оскаленными львами на ручках, женские портреты восемнадцатого века, ненастоящий камин с почерневшими березовыми поленьями. Он опустился на стул и сжал руками мягко звеневшую голову. Звон был какой-то даже приятный, словно прячущий от него все раздражающие прочие звуки: резкие машинные гудки за окном, стук двери лифта, шум воды в трубах. И вдруг он услышал телефон из розового Людиного будуара. «Потом, — подумал он про себя. — Сил нет ни с кем разговаривать...» Но телефон не умолкал, и тогда, сделав над собой усилие, он снял трубку.

— Господи! — сказал ее голос и тут же оборвался плачем. — Приехал!

— Где ты? — спросил он.

— Я здесь, я у мамы, я ждала тебя! — плача, кричала она, словно он был глухим и мог не расслышать. — Я приеду сейчас. Я сейчас выезжаю!

— Ладно, — сказал он. — Приезжай. Но увидишь меня — не пугайся.

Через полчаса она приехала. Обнявшись, они стояли в пыльном темном коридоре с развесистыми оленьими рогами вместо вешалки. Потом она оторвалась, взглянула на него, и в глазах ее остановился ужас. Он усмехнулся:

— Страшный стал, да?

Она справилась с собой, и лицо ее приняло обычное выражение.

— Ты похудел. Но это ничего. Будем лечиться. Я останусь здесь, не выгонишь?

— А как же... — начал было он и тут же замолчал.

— А так же. — У нее задрожали губы. — Кто старое помянет — тому глаз вон. Знаешь такую пословицу?

Утром вызвали врача. Пришел участковый,

молодой, но внимательный, простукал, прощупал, прослушал, промял холодными пальцами твердую опухоль, измерил давление. Потом откашлялся и ярко покраснел.

— В больницу надо, — звонко сказал он. — Обследовать побыстрее еще раз и, как я полагаю, оперировать. Опухоль операбельная, — он запнулся слегка, — доброкачественная. Так что мешкать не будем. Я сегодня же сделаю заявку. Завтра утром придет сестра, возьмет анализ крови. Постараемся в Боткинскую, это лучше всего в вашем случае. А пока лежите, отдыхайте, я выпишу лекарство. Это если будут сильные боли. Могут быть, — он опять запнулся. — По ночам особенно. Больничный выписываю сразу на десять дней, потом продлим, не тревожьтесь.

Она вышла вслед за симпатичным доктором в столовую, и одно из зеркал предательски схватило тот момент, когда доктор нерешительно взял ее под локоть и сказал что-то на ухо, явно то, что говорят близким людям и скрывают от больного. Проводив доктора, она надолго ушла в ванную, и он слышал шум льющейся воды. «Плачет», — вяло подумал он. И тут же поразился, что все происходящее словно перестает иметь к нему отношение. Только бы не было боли. Пусть слабость, равнодушие, мягкий звон в ушах. Только бы не боль.

Когда она подошла к нему, вдруг задремавшему в неудобной позе, на лице ее не было и следа слез.

— Так, мой родной, — почти весело сказала она. — Лежи и отдыхай. Тебе нужно спать больше. А я поеду на рынок и в аптеку. Он там выписал лскарства, но в вашей аптеке их может не быть, так что я заеду в центральную.

«Морфий, наверное, — промелькнуло у него в голове. — Что он еще мог выписать?» Она опустилась на краешек его постели, и, взяв ее руку, он закрыл ею свое лицо. На руке не было обручального кольца.

— Иди, — прошептал он. — И возвращайся скорее.

Вот она и наступила наконец их жизнь. Никто не вмешивался в нее, никто не интересовался ими, они не прятались, не лгали. Не было ни обязанностей, ни скандалов, ни претензий. Даже обсуждать было нечего. Когда-то он убеждал самого себя, что нужно обдумать сложившуюся ситуацию и взвесить «за» и «против». Но случилось так, что и взвешивать было нечего. Их жизнь дождалась своего часа и пришла сама, с будничными подробностями и лекарствами, плотной опухолью, ранним снегом за окном, аптеками, нежностью. Ее рука все еще закрывала его лицо, знакомые пальцы поглаживали его лоб. Вдруг он притянул ее к себе и обеими задрожавшими ладонями провел по ее спине. Она мягко приникла к нему, и знакомая горячая тяжесть ее тела накрыла его. Прежняя жгучая радость, всегда наступавшая от ее прикосновений, вдруг вернулась, и, словно испугавшись, что она исчезнет, он сильно рванул «молнию» ее черного платья...

Блаженная, полная, сияющая опустошенность пришла так же, как приходила всегда. Так же, как всегда, крепкими согласными толчками пульсировали их слившиеся тела. Не открывая глаз, она осторожно поцеловала его в шею, потом в губы. Вдруг он подумал, что, может быть, у него плохо пахнет изо рта — за время болезни он не раз замечал этот запах, — и теперь хотел было отвернуться, но ее горячие целующие губы не отпустили его, и тогда, подчинившись привычной блаженной пустоте, он закрыл глаза и заснул.

Ночью начался приступ с судорогами и рвотой. Приехала «неотложка», сделали укол. Косматая врачиха нависла над ним морщинистым, похожим на подушку лицом.

— Давай-ка, дорогой, в больницу, а? — прохрипела она. — Давай-ка я бригаду вызову?

Над самым его лбом качнулась ее короткая, вытравленная перекисью прядь. Вдруг ему показалось, что это Люда, и он вздрогнул от неожиданности. Потом неожиданность сменилась благодарностью. «Вспомнила все-таки!» — мелькнуло у него в голове, и, напрягая зрение, он стал всматриваться в это нависшее над ним лицо. Без сомнения, это была Люда, ее карие измученные глаза с редкими ресницами и остатками зеленоватой косметики на веках. Похоже, что она недавно плакала.

— Лю, — сказал он с усилием, чувствуя, что душа переворачивается от жалости к ней и невозможности что-либо исправить. — Я рад... Подожди, Лю...

Но Люда уже отдалялась от него и плыла вверх, а вместо нее в красноватом тумане появился его письменный стол с головой античного философа, и сидящая за ним косматая врачиха начала быстро записывать что-то, завесившись выпавшими из-под белого колпака прядями. Он кашлянул, чтобы привлечь ее внимание и убедиться, что она и в самом деле не Люда, но, не отрываясь от своих листков, врачиха тревожно взглянула на него и опять принялась за писание.

Тогда он перевел глаза на дверь и зажмурился от ужаса. В комнату входили забинтованные солдаты на костылях, и первый из них, очень похожий на его деда, прижимал к себе плачущую кудрявую девочку, которую он, конечно, когда-то видел, но, кто она, не мог вспомнить. Девочка отталкивала от себя морщинистого солдата маленькими пальчиками, и, вглядевшись в эти пальчики, он узнал ее.

Резкая боль в груди мешала двигаться, но что-то нужно было сделать, хотя бы найти Люду.

— Люда! — закричал он. — Да где же ты?

Солдат, похожий на деда, погрозил ему пальцем и сморщился, словно тоже собираясь заплакать.

— Люда-а-а! Скорее! Это ведь Марина! Где ты, Люда? Посмотри, что здесь происходит!

Боль становилась все сильнее и сильнее, девочка, пытаясь вырваться, сипела и захлебывалась, и тогда он рывком оторвался от подушки, желая встать с постели, протянул руки, и боль тут же прекратилась. Он провалился в мягкую, жаркую темноту. Сильно запахло эфиром. Чужие голоса переговаривались над его телом, с которого почему-то стянули одеяло.

— Можем не довезти, — хрипло сказал женский голос. — Сердце еле работает...

— Довезти-то довезем, — перебил мужской. — Но как его по лестнице-то спустить? Восьмой этаж...

«А, — вдруг отчетливо подумал он. — Это ведь про меня. Это ведь я умираю...» И тут же чьи-то теплые руки обхватили его голову и одновременно натянули на него одеяло.

— Я вас прошу, — услышал он. — Оставьте... Не надо.

Он с трудом разлепил склеившиеся веки. Она на коленях стояла у кровати, обнимая и гладя его голову, и, казалось, собою защищала его от двух санитаров и косматой врачихи, уже приготовивших носилки.

— Не надо меня никуда увозить, — вдруг простонал он. — Мне уже лучше. Не надо.

— Ну, если что, — с облегчением согласилась врачиха, — тогда снова вызывайте, мы заберем. А то что же зря только мучить. Он тряску не выдержит. А укол вроде помог, он сейчас спать будет.

Трое в халатах ушли, унесли носилки. Она убрала таз со рвотой, вытерла его лицо влажным горячим полотенцем. Стуча зубами о край чашки, он с трудом отпил несколько глотков воды.

— Тебе ведь легче? Правда, легче? — умоляюще прошептала она. — Спи, мой дорогой, мой милый. Тебе ведь легче.

Он спокойно проспал остаток ночи и почти весь следующий день. Видно, это их жизнь все еще боролась за его жадную плоть, за его неуверенную душу, не отпускала, цеплялась, просила.

Проснувшись, он почувствовал себя бодрее. Она принесла ему в постель чашку горячего крепкого бульона.

— Может, я встану, а? — нерешительно сказал он.

Все лицо ее осветилось.

— Дай-ка мне руку.

Он приподнялся, спустил ноги с кровати. Комната покачнулась, но, не выпуская ее руки, он сделал один шаг, потом еще один.

— Ну, вот, — прошептал удовлетворенно. — Видишь? А ты говорила...

В глазах ее появились слезы, и, нахмурившись, он вытер их краем своей высохшей желтой ладони. Весь этот день прошел спокойно. Он дремал, просыпался, опять проваливался. Выпил еще чашку бульона. Вечером она, как ребенка, вымыла его в ванне. Блаженно расслабившись, он лежал по горло в теплой воде, а она осторожно терла намыленной губкой его голову.

— Мне бы еще уточку резиновую сюда, — сказал он, целуя ее пальцы. — Уточку или зайца.

И они засмеялись вместе.

На рассвете его разбудил странный толчок в грудь. Ничего не болело, даже слабости прежней не чувствовалось, только что-то живое, упругое, огненно горячее толкалось изнутри в области сердца, словно просясь наружу. Прямо перед глазами, в открытой форточке, летел маленький белый диск солнца. Он следил за его быстрым перемещением по небу и чувствовал, что толчки в груди становятся все настойчивее. Но это не пугало, а, наоборот, приносило какое-то сладостное удовольствие и легкое приятное волнение ожидания. Она лежала рядом, касаясь его, ровно и глубоко дыша. Левой рукой он крепче прижал ее к себе, не спуская глаз с белого, стремительно летящего куда-то диска, и тут последний, резкий толчок в грудь заставил его беззвучно вскрикнуть и задохнуться.

Измученная двумя бессонными ночами, она крепко проспала на его плече до позднего утра. Столовые часы пробили одиннадцать. Приподнявшись на локте, она испуганно огляделась. Он был мертв, и на его обращенном к ней, уже изменившемся лице застыло тревожное выражение, словно в самый последний момент он решил сказать ей что-то — и не успел.

Отец звонил и звонил в Москву. Никто не отвечал. Общих друзей не осталось. Наконец месяца через три женский знакомый голос ответил хрипловато и ласково:

— Слушаю вас.

— Кто это? — испугался отец. — Ты, Люда?

— Нет, это Марина. Люды нет, она в Германии.

— Марина! — закричал отец, хотя было прекрасно слышно. — Что там у вас? Как папа?

— Папа умер, — ответила Марина. — Я не узнала вас сразу. Здравствуйте, дядя Леня.

— Умер? — захлебнулся отец. — Как умер? Когда?

— Вот этого не могу вам сказать точно. Нас с мамой, к сожалению, не было в Москве. Кажется, в сентябре или в самом начале октября. Не знаю. Я прилетела только позавчера, уладить кое-какие формальности...

ФИЛЕМОН И БАВКИДА

1

В загородном летнем доме жили Филемон и Бавкида. Солнце просачивалось сквозь плотные занавески и горячими пятнами расползалось по отвисшему во сне бульдожьему подбородку Филемона, его слипшейся морщинистой шее, потом, скользнув влево, на соседнюю кровать, находило корявую, сухую руку Бавкиды, вытянутую на шелковом одеяле, освещало ее ногти, жилы, коричневые старческие пятна, ползло вверх, добиралось до открытого рта, поросшего черными волосками, усмехалось, тускнело и уходило из этой комнаты, потеряв всякий интерес к спящим. Потом раздавалось кряхтенье. Она просыпалась первой, ладонью вытирала вытекшую струйку слюны, тревожно взглядывала на похрапывающего Филемона, убеждалась, что он не умер, и, быстро сунув в разношенные тапочки затекшие ноги, принималась за жизнь.

Она хлопотала и торопилась, потому что к тому моменту, как он проснется, нужно было приготовить завтрак, сходить за водой, вымыть террасу — грязи она не терпела. Питьевую воду набирали из колодца, а та, которая шла из садовых кранов, считалась недостаточно чистой, поэтому ею только умывались, мыли посуду, стирали. Ночью был сильный дождь, глинистые дорожки скользили. Боясь упасть, она осторожно ступала надетыми на босу ногу галошами, перегнувшись на правую сторону, где вспыхивала от ее неловких движений ледяная прозрачная вода в узком и высоком эмалированном ведре.

— Женя! Евгень Васильна! — дребезжал Филемон. — Который час?

Она приотворяла дверь с террасы:

— Да уж десятый, Ваня. Вставай. Прошла голова?

— Померяй-ка лучше, — прокашливался Филемон. — А то кто его знает...

— Береженого Бог бережет, — успокаивала она и, присев на краешек постели, охватывала его руку черным резиновым рукавом измерительного аппарата. Оба затаивали дыхание. Бульдожий подбородок Филемона мелко дрожал от слабости.

— Ну, вот и хорошо, — облегченно вздыхала

она. — Вот и молодец. Сто сорок на восемьдесят. Иди чай пить. Скоро Аленушку привезут.

Три года назад младшая дочь Татьяна родила большое бледное дитя. Татьяна была не замужем, и долго никто не обращал на нее внимания — до того она походила на отца, вся в его бульдожью породу. Но вот наконец съездила в туристическую по Венгрии и Чехословакии и вернулась оттуда беременной.

«Он у меня женится, мерзавец! — грохотал Филемон. — А не то в порошок сотру! Полетит из органов, сукин сын! Куда Макар телят... Ишь распоясылись!»

Но время шло, Татьяна так и жила нерасписанной, таскала свой острый живот на предзащиту, стучала ночами на машинке, пропадала в библиотеке, а за месяц до родов получила-таки кандидатскую степень и место старшего преподавателя в Политехническом институте. Это, наверное, заставило призадуматься работника органов с небольшой ранней лысиной и аккуратным лицом, который хоть и не женился, но не избегал ее, иногда ронял сквозь каменные губы нерешительные предположения о трехкомнатном совместном кооперативе и на второй день после рождения ребенка принес в роддом кулечек подтаявшей маслянистой клубники.

Девочку назвали Аленушкой, и чем старше она становилась, тем меньше подходило ей это сказочное длинное имя. Обезумевшая от материнских инстинктов Татьяна раскормила бедную Аленушку до подопытных размеров. В три года она выглядела на шестилетнюю, и вещи ей приходилось покупать в той секции «Детского мира», где было написано «Одежда для младших школьников». С песнями, причитаниями, игрушками, книжками, колотушками усаживали за стол плотно обернутое салфеткой, мучнистое, с огромными бантами создание и заталкивали в упирающийся рот булки с паюсной икрой, куски молодой телячьей печенки, черную смородину, тертую с сахаром, заливали густым морковным соком. Спеленатая салфетками Аленушка пробовала сопротивляться, кричала басом, колотила плотными ножками по высокому детскому стульчику. «А вот летит, летит, летит воробышек, — умоляла Татьяна, — а вот мы его сейчас — ам!» Аленушка давилась, ее рвало съеденным, и тут же ее умывали, переодевали в чистое для младших школьников, дрожащими руками мазали новую икру на новые булки, пронзительной машиной давили бугристую рыночную морковь...

— Вставай, Ваня, — говорила Бавкида. — Сегодня Аленушку привезут.

— Ну? — радостно ужасался Филемон. — На рынок, значит, надо, а, Жень?

— Сходим, сходим, пока жары нет. Или ты дома оставайся. Я одна.

— Да чего одна? Я с тобой, — дребезжал он. — Э-хе-хе... Вместе жили, вместе помирать будем... Э-хе-хе...

Она следила, чтобы он не забыл принять все свои лекарства, капала в его мутные выпуклые глаза заграничные капли, лезла под кровать и, расставив огромные растрескавшиеся пятки, долго шарила там в поисках его закрытых башмаков на микропорке. Вместе шли на рынок, и так же, как он, она суетливо здоровалась со знакомыми, хвалила хорошую погоду, расспрашивала про здоровье, льстила чужим детям в колясках и даже посмеивалась так же, как он: «Э-хе-хе, хе-хе...»

Иногда на Филемона находили приступы ярости. Она пугалась их, потому что каждый такой приступ мог кончиться инсультом. Поселковые мальчишки ломали рябину, сидя верхом на чужом заборе. Филемон набухал лиловой кровью и бросался на забор с высоко поднятой палкой, украшенной тяжелым набалдашником: «Я вас сейчас! Хулиганье поганое! Убью сволочей!» — хрипел он. Она сзади хватала его за локти: «Пойдем, Ваня! Брось ты их! Ва-а-ня!» Тяжело отдуваясь и дыша со свистом, Филемон продолжал свой путь к станции, медленно успокаиваясь: «Ну, сволота! Ну, погань! Перестрелять не жалко!» И опять она поддакивала: «Да уж, конечно... Мараться об них... Себя бы поберег!» — «Порядка нет, Евгень Васильна! — грустнел бледно-лиловый от недавнего гнева Филемон. — Потому такое поведение, что ни в чем никакого порядка... Распустились...» — «Молчи ты, Ваня, — пришептывала она и тут же улыбалась кривой лицемерной улыбкой: — Ты смотри, кого мы встретили! Сколько лет, сколько зим!» — «Э-хе-хе, — обмякал Филемон, смешно приседая от косноязычного умиления при виде очередного знакомого с колясочкой. — Вот, значит, кто нас опередил! Нам поди и смородины на базаре не оставили? Э-хе-хе...»

После обеда к дачному забору подъезжала ведомственная машина. Нерасписанный зять помогал доставить Аленушку к деду с бабкой. Из машины вылезала худая, с тяжелой челюстью и ярко-белыми ломкими волосами Татьяна, изнемогая под тяжестью заснувшей дочери. Они кубарем скатывались с лестницы ей навстречу.

«А вот и наши, а вот и наши, — сюсюкал Филемон. — Давай, Женя, на стол накрывай. Вот и приехали. Внученьку дедушке привезли...» Пообедав, уставшая Татьяна в открытом сарафане собирала ягоды или качалась в гамаке с газетой, а они наполняли водой пластмассовую ванночку, выставляли ее на солнце и вдвоем, стукаясь сгорбленными плечами, купали в ней пузатую, перекормленную Аленушку, которая, выпучив голубые глаза в небо, расплескивала мыльную воду своими пухлыми, неповоротливыми руками. Вечером Татьяна, подчернив брови и густо намазавшись розовой помадой, торопилась на электричку, а они оставались с Аленушкой. Тогда Филемон начинал читать ей сказки: «Я б для батюшки-царя родила богатыря», — бормотал он, сам засыпая и монотонно покачивая детскую кроватку. Аленушка громко икала. «Ай беда какая! — сокрушался Филемон. — Водички ей, Женя, малиновой водички внученьке...»

Наикавшись и наглотавшись малиновой воды, Аленушка засыпала. Филемон разворачивал газету. Она домывала посуду узловатыми плоскими пальцами. Усталость одолевала ее, и в голову лезли мысли о том, что завтра нужно опять пойти на базар (забыли купить ревеня — у Филемона нелады с желудком!), перестирать все

Аленушкины маечки, вымыть наверху комнату, потому что в пятницу Татьяна может приехать не одна, а с уклончивым нерасписанным зятем, и тут уж надо в лепешку разбиться, но обеспечить им семейный уют, и вкусный обед, и чистое, лоснящееся, сытое до икоты дитя, чтобы у нерешительного мужчины с ранней лысиной и каменными губами появилось твердое ощущение, что вот это и есть его дом, дача, жена и дочь.

«Нет, — хрипел Филемон, грозя куда-то в газету седовласым дрожащим кулаком. — Нет, при хозяине бы такого не было! Перестреляли бы всех к такой-то матери!» Возводил закапанные заграничным раствором мутные глаза на небольшой портрет в траурной рамке. Большеносое, черноусое лицо, снизу подпертое жестким воротником военного френча, ласково и коварно щурилось на Филемона. «Эх-хе-хе, — вздыхал тот, успокаиваясь, — эхе-хе, Евгень Васильна... — И тут же понижал голос: — Женя, я думаю, сообщить бы надо, что еврей этот иностранные газеты достает и читает — это раз, а самое-то главное — «голоса» ловит. С ихнего балкона все слышно. Меня не проведешь! Сообщить бы надо, Евгень Васильна...»

Она насухо вытирала чистым полотенцем

растопыренные пальцы: «Себя побереги, Иван Николаич! Ты свое отслужил! Куда теперь сообщать?»

В глубине души ей казалось, что в свое время Филемон допустил промах, слишком рьяно отстаивая ценности комсомольской юности и не соглашаясь на признание каких бы то ни было ошибок известного периода. Его фанатическое упрямство и привело к тому, что сейчас, в старости, у них не было персональной машины с шофером, приходящей прислуги, дачи в Барвихе. Была, правда, однокомнатная квартира в доме на Кутузовском, была хорошая пенсия, ведомственная поликлиника, заказы два раза в месяц. Но у других-то, помельче Филемона, не имевших за спиной долгих лет ответственной работы в ЦК Узбекистана, — у других-то было больше! И она жалостливо смотрела на своего честного несгибаемого старика, уткнувшегося в газету под портретом большеносого покойника, и думала, что, конечно, он опять прав: сообщить-то надо бы, но времена наступили такие, что и не знаешь: куда сообщить? Кому? Как бы не засмеяли...

— Спать ложись, Ваня, — уговаривала она. — Аленушка может ночью проснуться. Не выспимся... Завтра на рынок с утра. У меня обеда нет...

Ты с ней на полянке побудешь, пока я управлюсь...

Кряхтя, укладывались на кровати, застеленные одинаковыми шелковыми одеялами. Филемон сразу же начинал посвистывать коротким свирепым носом. Она еще поправляла подушку под Аленушкиной головой, проверяла, выключен ли газ на кухне, закрыта ли на замок входная дверь. Опять ложилась. Луна, просочившись сквозь щель занавески, лизала ее съехавшую набок щеку с черным кустиком длинных волос. Из сада тянуло жасминовой свежестью. Соловей, дождавшись своего часа, разрывался где-то между землею и небом. Под его неутомимый голос она засыпала.

В одну из таких ночей ее разбудило тонкое бормотание. Она в страхе открыла незрячие еще глаза, села на постели.

— Убь-ю-у, ай-я-я-я! У-у-у! Кыш! — бормотал тоненьким дробным голосом Филемон, делая странные разрывающие движения слабыми белыми пальцами. — Убью-у-у-у сво-о-а-та-а-а!

— Ваня! — вскрикнула она и подбежала к нему. Лицо его было ярко-багровым, веки плотно зажмурены. — Иван Николаич! — Не соображая, что делает, она затрясла его за плечо.

Багровый Филемон раскрыл бульдожий рот

с коротким мясистым языком, который сразу вывалился наружу, как будто его оторвали. Тогда, сунув босые ноги в резиновые калоши, она, как была в байковой ночной рубашке, простоволосая, выбежала на улицу и, задыхаясь, побежала по черной дороге вниз, к сторожке, где был единственный на весь дачный поселок телефон.

Через час два санитара заталкивали в машину накрытое белой простыней короткое тело со свистом дышащего Филемона, а она, сжав обеими руками большую отвисшую грудь в байковой ночной рубашке, объясняла им, что не может ехать с мужем в больницу, не с кем оставить внучку. Вернувшись в полную черной серебристой тьмой комнату с открытым в жасминовые заросли окном, она села на развороченную постель, с которой только что унесли багрового старика, и тихо, сдержанно всплакнула. Слезы были какие-то неосознанные, почти механические: жалко же его. Умрет, не дай бог. Всю жизнь вместе. Готовые фразы отпечатались в ее голове, словно кто-то написал их жирным шрифтом: «Умрет, не дай бог. Жалко его. Всю жизнь вместе».

Аленушка проснулась и басом заплакала. Она, надрываясь, взяла ее на руки: «Нельзя, нельзя плакать. Дедушка заболел. Жалко дедушку». Аленушка икнула оглушительно и затихла.

Утром приехала на такси Татьяна, осталась с ребенком, а она помчалась в кремлевскую больницу, где в паутине трубочек плавился на кровати слегка побледневший Филемон, узнавший ее и с трудом пошевеливший своей заросшей седой шерстью рукой. Посидев с ним полчаса, одернув простыню, обтерев влажным теплым полотенцем его бульдожье лицо, она с бьющимся сердцем поплелась караулить в коридоре лечащего врача, чтобы услышать от него, что Филемон не безнадежен, инсульта как такового нет и надо надеяться, что дело пойдет на поправку. У нее отлегло от сердца, и весь этот жаркий июль она провела в городе, каждый день таскаясь на троллейбусе сначала на рынок, а потом в больницу, ночами варила ему диетические супы, протирала куриную печенку, не доверяя даже «кремлевке» и проборматывая про себя, что домашнее всегда лучше. Как-то раз, сидя у его постели, она вдруг задремала, уронив худую голову с пегим пучком волос на затылке. Во сне ей показалось, что она сидит на каких-то нарах в раскаленном, полном голых женщин бараке и причесывается. Приснившееся было так нелепо и страшно, что она тут же и проснулась со слабым старушечьим стоном. Перед ней лежал румяный Филемон в красной домашней пижаме и с аппетитом хватал толстыми волосатыми пальцами принесенную ею клубнику. Спросонья ей показалось, что он порезался, что пальцы его в крови, и она испугалась. Но почти выздоровевший Филемон вдруг подмигнул ей правым, недавно избавленным от катаракты глазом и спросил: «А помнишь, Евгень Васильна, как я за тебя посватался?» Она затрясла головой, засмеялась, прикрыв ладонью рот, и сквозь смех ответила: «Да кто это помнит! Сколько лет-то прошло? Пятьдесят почти! Вот уж опомнился!» — «Да как! — И Филемон облизал сладкую клубничную кровь с большого пальца. — Э-хе-хе... Дай, думаю, на ентой черненькой поженюсь! И поженился! Помнишь, Жень?» Она тихо колыхалась от какого-то щекочущего блаженного смеха: «И поженился? Греховодник ты старый, вот что! Только что вылечили, и тут тебе такие разговоры! Лежи тихо! Может, яблочко натереть? У меня и терка с собой, дома не стала, хотела, чтоб свеженькое...» — «Да-а-а, — не слушая ее, продолжал Филемон. — И поженился! И свадьбу сыграл! И увез енту черненькую за моря, за горы, в глубокие норы! Э-хе-хе-хе...» Она достала из сумки терку, стала было тереть ему яблочко и вдруг опять заснула, уронив голову. И опять голые женщины обступили ее в раскаленном бараке.

Прошло больше года. Дачный сезон подходил к концу, хотя дни стояли жаркие, полные солнца. В воскресенье утром она поднялась совсем рано, нагрела ведро воды и почему-то понесла его за сарай, в глухие крапивные заросли. «Вот здесь и помоюсь», — сказала она себе, начисто забыв, что у них есть собственная банька, выкрашенная голубой пронзительной краской. В баньке вчера парился Филемон. Она стегала его веником по красной сгорбленной спине с большими угольно-черными родинками, а он, придерживая ладонями седой живот, приказывал: «Поддай жарку, Евгень Васильна! Жарку не жалей!» — «Да куда тебе жарку, Ваня, — образумливала она его, босая, в сатиновом полузастегнутом халате, вытирая сгибом руки градом катившийся с лица пот. — Ты про давление свое подумай! Жарку...» — «О-хо-хо! — рыкнул коротенький, лопающийся от густой крови Филемон и отпустил живот на свободу. — Давление у меня в порядке. От бани русскому человеку одно здоровье, больше ничего!» Он облокотился руками на лавку, повернувшись к ней спиной, чтобы она еще постегала его веником и смыла остатки мыльной пены. Ей вдруг стало тошно от этой красной сгорбленной спины с угольно-черными родинками, расставленных кривых ног в редких прилизанных волосах, хлопьев пены на ягодицах... «Что-то мне душно здесь, Ваня, — пролепетала она. — Вытирайся, да пойдем чай пить. Аленушку пора укладывать...» — «Душно? — струсил Филемон. — Чего тебе душно? Пойдем, пойдем, раз такие дела...» Пили чай на террасе: она, Филемон и Татьяна с Аленушкой. В саду с мягким шелестящим звуком срывались с веток и падали на землю яблоки. Каждое падение заставляло ее вздрагивать. На столе образовалось круглое пятно света от низко висящего розового абажура, доставшегося им от прежних хозяев дачи. В этом пятне светились мокрые зернышки красной икры, белый хлеб с большими дырками, крупно нарезанный яблочный пирог с золотыми, чуть подгоревшими боками. Голос Татьяны, уговаривающий Аленушку допить сливки, звучал подобно утиному кряканью. Аленушка давилась над стаканом и выпускала изо рта сливочные пузыри. «Ай-яй-яй, — прокрякала Татьяна и голой костлявой рукой вытерла Аленушкин подбородок. — Вот бабушка сейчас наши сливочки — ам! Вот придет чужая нехорошая девочка и наши сливочки — ам!» Аленушка задышала тяжело, как лягушка, и ее слегка вырвало на кружевную грудку. «О-ох! — задребезжал Филемон. — О-ох, внученька... Давай, Женя, тряпочку! Внученьку опять...» Она было побежала в кухню за тряпкой, но вдруг остановилась от страха: прямо на ее глазах раздувшееся животное с лиловыми, трясущимися щеками лезло на другое животное, поменьше, с выпученными глазами и огромным зеленым бантом в голове, делающим его похожим на лягушку. Между этими двумя суетилась голая костлявая рыба с расходящимися во все стороны ребрами и вставшими дыбом ломкими волосами. Рыба при этом оглушительно крякала и разевала узкий голый рот с обломками белых костей внутри. Она прислонилась к притолоке и зажмурилась. Голова медленно и торжественно зазвенела, как пасхальный колокол. «Давай, Женя, тряпочку, — угрожающе произнес знакомый голос. — Тряпочку нам давай. Ты чего?» Она открыла глаза. В круглом пятне абажурного света сидели и смотрели на нсе складчатый, красный после бани Филемон, голая до ключиц, бескровная Татьяна и насосавшаяся сладких жиров, замученная, огромная Аленушка с бело-розовой рвотой на кружевной грудке. Она спохватилась, нашла тряпку и, почему-то дрожа от страха, подала ее Филемону. Их руки слегка столкнулись. Ей показалось, что он сейчас ударит ее, показалось, что в руке его лежит острое, вспотевшее, чем он сейчас перережет ей вены. Она быстро отступила и заискивающе улыбнулась. Татьяна подхватила Аленушку и побежала умывать ее на кухню. Филемон протянул ей обратно ненужную тряпку. «Эхе-хе, хе-хе, — пробормотал он и, уже не прячась, погрозил ей маленьким острым ножом. — Эхе-хе-хе, Евгень Васильна...»

Ночью она почти не спала. Вставала, подходила к окну, смотрела на скользкую, еле держащуюся на небе, переполненную соком луну. На громко храпящего Филемона боялась даже оглянуться. Казалось, что, несмотря на громкий храп, он наблюдает за ней из темноты. Под одеялом было немного спокойнее. Одеяло было защитной крепостью. Но как только она заворачивалась в него, глаза сразу же начинали слипаться. А спать было нельзя. Филемон только и ждал, чтобы она заснула. Для чего? Она и сама не знала. То ей начинало казаться, что он не только не убьет ее, но, напротив, полезет к ней ласкаться («Сказал: поженюсь — и поженился», — вспоминалось ей), и надо будет тихо лежать под тяжестью его большого мохнатого живота, то казалось, что он выгонит ее на улицу, чтобы она сторожила их дом вместо цепной собаки (какое-то воспоминание, связанное с цепной собакой, мучило ее, но она не понимала какое), то — и это было самое страшное — она почти чувствовала прикосновение его маленького острого ножа с налипшими на нем волосками...

На рассвете она надела халат и начала беззвучно бродить по дому. Вошла в детскую комнату. Вместо Аленушки на кровати лежала мертвая разбухшая кукла и притворялась спящей. Кукла не хотела превращаться обратно в человека, не хотела расти, потому что знала, что ее ждут одни несчастья и насмешки. И она, ужасаясь, пожалела ее и погладила по холодной голове своей закапанной старческими коричневыми пятнами рукой. Потом крадучись поднялась наверх по скрипучей узкой лестнице, остановилась перед дверями, за которыми спали Татьяна и приехавший вечером на электричке аккуратный несговорчивый зять. Сначала ей послышалось хрипенье. Потом тихий булькающий звук женского горла, напоминающий плавное «рл-нрл-рл-нрл». Она поняла, что зять душит или уже задушил Татьяну, но ей было страшно вмешаться, и она решила еще постоять и послушать. «Рл-нрл-рл» прервалось, и кто-то закрякал Татьяниным голосом. Слов она не поняла, хотя Татьяна произносила их очень отчетливо. Зато тихие ответы зятя не только разобрала, но и сразу почему-то запомнила. «С любой в принципе женщиной можно получить физическое удовольствие, — раздельно произнес зять и что-то перекусил, щелкнув зубами. — В принципе, я считаю, с любой. Но можно ли с любой женщиной остаться жить семейной жизнью — это большой и большой вопрос. Принципиальный, я считаю». И он опять что-то перекусил. Татьяна гулко крякнула в ответ. «Я в принципе не собираюсь уходить от этого разговора, — продолжал зять. — Потому что время само за себя говорит. И если я буду уверен, что в моем доме весь порядок будет подчиняться моим принципиальным требованиям, то я готов хоть завтра начать думать по поводу этого решения. — Он еще немножко подушил ее, потому что Татьяна опять хрипнула. — Мы в принципе можем расписаться, если этот шаг не отзовется в моей жизни беспорядком или неповиновением».

Из Татьяниного горла полилось «рл-нрл-рл», и тогда зять сказал: «Согласен», и они оба замолчали.

Не выдержав, она тихонько приотворила дверь, заглянула в образовавшуюся щелку. Зять с висящей на боку длинной прядью волос, которую он днем зачесывал через голову, чтобы закрыть лысину, лежал на бескровной, худой Татьяне и несильно душил ее, то приподнимаясь, то опускаясь. Ее приближения они не заметили и, голубовато-бледные от наступающего утра, продолжали свой разговор. Все это вызвало у нее смешанное чувство ужаса и отвращения, хотя в глубине души вспомнилось, что когда-то она сама желала, чтобы Татьяна и этот человек вот так лежали по ночам в прибранной ею комнате. Сдерживая громкое дыхание, она спустилась вниз, забралась под одеяло и крепко заснула.

Проснулась очень скоро, лихорадочно вскочила, нагрела на кухне ведро воды и пошла за сарай, в глухие крапивные заросли. «Вот здесь и помоюсь», — сказала она себе и начала торопливо раздеваться. Раздевшись догола и распустив по плечам жидкие пегие волосы, она начала осторожно поливать себя водой из темно-синей в белых крапинках кружки. Вода была слишком горячей, и все ее тело покрылось мурашками. Потом взяла кусок хозяйственного мыла, быстро, крепко намылилась и опять зачерпнула воды из ведра.

— Женя! — послышался где-то совсем близко дребезжащий голос Филемона. — Евгень Васильна! Ты куда запропастилась?

Она в ужасе опустилась на корточки, вжала голову в задрожавшие колени. Лопухи и крапива скрывали ее от него. Земля закачалась от приближающихся шагов. Филемон шарил в траве большой палкой с тяжелым медным набалдашником, разыскивая свою Бавкиду. Бавкида, раскорячившись, сидела на земле в сизой пленке хозяйственного мыла. Зубы ее стучали от страха. Она поняла, что он зашел за сарай и сейчас увидит ее. Тогда она беззвучно сказала себе: «Спаси и пронеси, Господи!» — и отползла прямо в крапиву, не чувствуя ожогов. В пяти шагах от нее стоял маленький лиловый Филемон в летней белой панамке, белой ночной рубахе и туфлях на босу ногу. Он не видел ее своими мутными больными глазами.

— Женя! — пробормотал он, волнуясь. — Да куда ж она подевалась!

Потом он снял со стенки ключ и начал открывать сарай. Она вспомнила, что это был лагерный барак, а никакой не сарай — что сарай это просто так, для отвода глаз, чтобы дачные соседи не приставали с расспросами, а на самом деле они только что приехали в Узбекистан из Москвы и Филемон заступил на место начальника женского лагеря. Она вспомнила, что осталась одна с только что родившейся Ларисой, что у нее пропало молоко за время переезда, что она нагрела воды в большом чугунном чане, потому что Ларису надо искупать и самой помыться. Дом, который для них предназначался, был еще не готов, и поэтому они поселились временно в маленьком, летнем, свалив все свои чемоданы прямо в угол. Филемон уже распорядился, чтобы того, кто был ответствен за их прием и жилье, как следует «пропесочили», и велел ей перетерпеть несколько дней. Приехали они вчера, она измучилась от криков голодной дочери, от мигрени, которая, бывало, наваливалась на нее и не отпускала по целым неделям. Их встретили на станции, повезли в дом к какому-то жирному, словно перевязанному невидимыми ниточками поперек жира, узбеку, там усадили на пуховые перины прямо на пол, кормили жирным пловом, поили вином и горячим чаем, узбек улыбался улыбкой, похожей на опрокинувшийся месяц, и на груди его торопливо звенели медали. «Да-а, — ложась спать, сказал ей Филемон, растягивая в зевоте бульдожью челюсть. — Да-а... Наведу я им здесь порядок. Распоясылись...»

Он постоял еще немного, пошарил палкой. Потом снял свою панамку и вытер ею глаза. Она никогда не видела, чтобы он плакал.

— Женя, — всхлипывая, сказал Филемон. — Ты где? Что ты меня пугаешь? — Подбородок его мелко задрожал.

Она поняла, что он притворяется, желая вытащить ее из крапивы. «Нет уж, хватит, — пробормотала она самой себе. — Нет уж, ты у меня покрутишься...»

Филемон повернулся и, всхлипывая, ушел в дом будить Татьяну и зятя. А она, пригибаясь, переползла к той части забора, где была большая, заставленная фанерными щитами дыра, и вырвалась на свободу. Прямо за забором начинался еловый лес.

«У меня никто не убежит, — сказал Филемон и стукнул по столу волосатой рукой. — Здесь лесов нет! Бежать некуда! Чтоб завтра были на месте!» Она, перемывая посуду, одобрительно кивнула. Филемон «песочил» стоящего перед ним угреватого человека в форме. Обжигаясь, ел приготовленный ею борщ — хороший, густой, кровянистый борщ, в котором плавали кусочки желтого жира. Человек в форме смотрел в его тарелку злыми, затравленными глазами. «Понял меня? — прохрипел Филемон, опрокидывая в рот рюмку и переводя дыхание, словно он только что вынырнул со дна реки. — Все! Можешь идти». Она вытерла руки чистым полотенцем, подсела к нему: «Кто убежал-то, Ваня?» — «Две суки. Еврейка одна и русская. Вчера еще. Найдут. Ну, уж я их пропесочу! Запомнят меня! — Его ясные голубые глаза навыкате налились кровью. — Ну, уж запомнят!» Ребенок заплакал в соседней комнате. Она пошла туда и вернулась. «Зубик-то ты наш видел? — пропела она. — У Ляли второй зубик прорезался!» — «Ишь ты, — одобрительно хмыкнул Филемон и потрепал ее по руке. — Зубик, говоришь... Поглядим...» Они постояли над детской кроваткой, полюбовались на маленький беличий зубик в детском ротике. «Ишь ты... — повторил Филемон и нахмурился. — А одна-то из этих стерв брюхатая ушла. Беременная, мне доложили. На шестом месяце». — «Ну? — удивилась она. — Ребенка, значит, даже не пожалела. Сама пропадет и его погубит. Мать тоже мне!» — «Пойдем, Женя, прокатимся! — зевнул Филемон. — Заворачивай девку. Ветерком подышим!» Он сидел впереди, рядом с шофером. Она сзади. Степь была покрыта темно-красными маками, горела огнем. «Ишь ты, — сказал он, оборачиваясь к ней и улыбаясь во всю ширину челюсти. — Помнишь, как в Большом в царской ложе сидели? Такой же вроде цвет...» Ночью он навалился на нее своим сытым мохнатым животом. Она угодливо, боясь разонравиться ему, притворно-радостно задышала. «Ты моя чернушечка, — засыпая, пробормотал он через несколько минут. — Ишь ты... Убью сук. Сказал — и убью. На дереве повешу. Распоясылись...»

К полудню ее нашли и привели домой. Она покорно вышла из леса — голая, вся в багровых крапивных ожогах, безжизненно опустив свои большие, плоские от работы руки. Зять с одной стороны и веснушчатый милиционер — с другой нерешительно подталкивали ее к калитке, и милиционер, хмурясь, делал неловкие движения, стараясь как-то заслонить ее, хотя, по счастью, именно в этот момент на аллейке никого не было, кроме прислонившейся к забору бескровной Татьяны, которая при виде матери затряслась, как в ознобе, и стала стаскивать с себя кофту.

— Тут такое дело, — сказал, хмурясь, милиционер, не глядя на Татьяну. — Тут, я понимаю, медицинская помощь нужна. Дом для умалишенных. Или еще что-нибудь. Но мы тут вам не подмога.

— Мама, — прыгающими губами выдохнула Татьяна. — Ты чего?

— Незачем в принципе задавать ненужные вопросы, — отчетливо сказал зять и разозлился. — Нужно ввести ее в дом.

Она услышала то, что он сказал, и затрясла головой.

— Сама войду, сама войду, — залопотала она. — Обедать пора, сама, сама...

Поддерживаемая Татьяной, поднялась по ступенькам террасы и в дверях увидела Его. Толстый, испуганный Филемон глядел на свою голую, растрепанную, в красных пятнах по всему телу Бавкиду и пятился, оседая и закрывая лицо волосатыми руками. Бавкида подавилась от ужаса и чуть не упала. Зять и Татьяна подхватили ее.

— Папа! — истерично крикнула Татьяна. — Дай ей одеться! Дай что-нибудь! Нельзя же так!

— Сейчас, сейчас, — засуетился Филемон, оседая и пятясь. — Что же это такое, батюшки мои!

Он стащил с вешалки какой-то старый плащ и осторожно, боясь дотронуться до голой старухи, передал его дочери. Татьяна дрожащими руками натянула на нее плащ и, плача, сказала:

— Что делать-то будем?

— Увезти, увезти, — испуганно задрожал Филемон. — Как же так? Лечиться надо. Врачи, они свое дело знают... Лечиться надо... А то что же... Заболела наша бабушка... Беда-то...

Вдруг Бавкида упала на колени перед Татьяной. Зять не успел подхватить ее.

— Служить вам буду. Ноги твои мыть буду. Не прогоняй.

— Ма-а-ма! — разрыдалась Татьяна. — Господи! Иди в комнату, ложись. Спи. Мама!

Стуча зубами, она вошла в комнату и, не снимая плаща, забралась в постель. «Сплю, сплю, — забормотала она. — Непорядок какой... Сплю».

Филемон плакал и вытирал трясущиеся бульдожьи щеки седыми кулаками.

— Ты уж тогда меня-то отвези в город, — умолял он Татьяну. — Или уж вы, Борис, окажите милость, помогите до Москвы престольной добраться. Я с больным человеком в одном доме не могу находиться. Мне вид ее может спазмы сосудов вызвать.

— Папа, — рассудительно говорила взявшая себя в руки Татьяна. — Горячку не надо пороть. Понаблюдаем ее пару дней. Я все равно здесь. Боря здесь сегодня и завтра. Жалко же. Может, это минутное помешательство, возрастное.

— В принципе, может такое быть, — подтвердил зять. — Мне говорили, у нас в отделе у одного товарища был такой же эпизод с теткой. Прошел в принципе бесследно...

2

«Можно я, Ваня, дома останусь? — прошептала она сквозь сон. — Дети нездоровы, и я какая-то...» — «Нет, — ответил Филемон. — Нельзя. Обязана быть на концерте. Все начальство будет. И чтобы без фокусов».

Зал был переполнен. Они сидели в первом ряду. На сцене, украшенной флагами и цветами, в три ряда стояли женщины в белых халатах. Во сне она вспомнила, что это было особой гордостью Филемона, его изобретением: шестьдесят новых больничных халатов доставили в лагерь за неделю до концерта. Мертвые женщины, одетые для погребения, во всем белом и чистом, разевая гнилозубые рты, пели громкими голосами: «...и танки наши быстры...» Филемон морщился от удовольствия, хотя нижняя половина его лица сохраняла свое обычное свирепое выражение. Допевшие песню покойницы по команде повернулись налево и, шаркая ногами в войлочных больничных тапочках, пошли за кулисы. Зал зааплодировал. Потом на сцене появились три другие женщины, не участвовавшие в пении, в тех же белых халатах, с большими маковыми венками на головах, отчего казалось, что из волос у них рвется пламя, и вручили приехавшему начальству огромную вышитую подушку с красным шелковым обещанием посередине: «Честным трудом на благо Родины заслужим прощение партии и народа!» Сон прятал от нее того, кто вместе с Филемоном поднялся по ступенькам. Она ощущала только само слово «начальство», и постепенно ей стало казаться, что Филемон поддерживал волосатыми пальцами шершавое и темное, в скрипящих сапогах, не имеющее ни лица, ни тела. Начальство протянуло что-то вместо руки, чтобы взять подаренную подушку, и тут одна из покойниц с красным огнем в волосах плюнула ему в лицо. «Сволочь! — кричала покойница, которую уже уволакивали, торопливо, на ходу избивая. — Сволочь!» Ей зажали рот, но она успела еще выкрикнуть сквозь кровь и пену: «Пропадите вы все пропадом! Сволочь». Страшно было смотреть на Филемона, сидящего рядом с ней в первом ряду и ждущего окончания концерта. Каменный и неподвижный, он уже не аплодировал, не морщился. Зубы его тихонько скрипели. Потом повернул на нее невидящие глаза: «Домой поедешь одна. На ужине тебе делать нечего». — «А ты?» — кутаясь в плащ, натянутый Татьяной на голое, обожженное крапивой тело, прошептала она. «Что я? — переспросил Филемон и сжал бугристый черный кулак. — У меня дела есть».

В доме хорошо и вкусно пахло пловом, виноградным вином, свежим хлебом. Старуха-узбечка, из местных, поклонилась ей, шепотом сказала, что дети давно спят. Она сбросила на ковер надоевший плащ, вытянулась на кровати, закрыла глаза. Ночью пришел Филемон. От него резко, удушливо пахло потом. «Ну, — спросила она и села на перине. — Нашли Аленушку?» — «Приказываю расстрелять, — ответил Филемон и раскрыл в зевоте тяжелую челюсть. — Саботаж в пользу иностранной разведки. Враг действовал в условиях лагеря. Распоясылись... — Он поставил к стенке новые блестящие сапоги, почесал под рубашкой живот: — Запомнят меня, так-то...»

— Как она проснется, ты меня предупреди, — трусливо прошамкал Филемон и спрятался за большой, голубой в красных цветах чайник. — Не могу ее видеть. Пока не убедимся. Нет уж, дудочки... Болезнь болезни — рознь... Умереть не дадут спокойно... Что за дела?

Татьяна подошла и наклонилась над ней. На Татьяне был белый больничный халат. Маки в волосах давно почернели и высохли. Запах плова и свежего хлеба шел от ее наклонившегося тела.

— Мама, — сказала Татьяна. — Лучше тебе?

— Аленушка-то где? — вдруг схитрила она, вспомнив, как зовут ту маленькую женщину с бантом в голове. — Полдничать пора. Скажи, чтобы ей ягод нарвали. — При слове «ягоды» ее слегка затошнило, но она справилась, виду не подала. — Скажи, чтобы нарвали, а то я на вас всех жаловаться буду. Есть куда, слава богу. Не в пустыне живем. Голодом мучаете ребенка...

Татьяна испуганно вздохнула и вышла на террасу. Филемон и зять посмотрели на нее.

— Лучше, — неуверенно сказала Татьяна. — Поспала. Приходит в себя.

— На все время нужно, — согласился зять. — Конечно, мы вас с потерявшим рассудок человеком не оставим. Хотя в принципе это немалые хлопоты...

Ночью она проснулась и поняла, что это последняя ночь перед свадьбой. Завтра они поженятся. Руки у него железные, крепкие. Когда он пару дней назад схватил ее за грудь, она еле перевела дыхание от боли. Что же, мужчина. Они все такие. За этим, по крайней мере, как за каменной стеной. Боль и потерпеть можно. В деревне у него мать и сестра. Сам до всего дошел, сам образование получил. На таких земля держится. И власть советская. И все, чего мы добились, на таких держится. А грудь так просто не оторвешь. Она засмеялась в темноте. Посидела, подумала. И вдруг поняла, что ей надо сделать. Завтра он проснется и первым делом выпьет свой кефир, купленный на станции. Каждое утро он пьет кефир со смородиной. Это до завтрака. Потом уж они завтракают вместе. Аленушку кормят в четыре руки, в две глотки. Песни и сказки — до хрипа. Так вот в этот кефир лучше всего и высыпать. Сразу высыплю, никто не догадается. И никакой свадьбы. Татьяна с Аленушкой проснутся, все уже сделано, завтрак давно на столе. А он ушел. Куда ушел? Откуда я знаю? Ушел, и все. До сих пор грудь ломит. Вот ведь какой грубый. Зато жизнь прожили — дай бог всякому. А высыпать все-таки надо. Потому что страшно. Главное, что страшно. Придет и опять схватит. Ночью разденется догола и навалится. Опять рвота, роды. Страшно. Стараясь не скрипеть дверью, она вышла на террасу, нежно освещенную переполненной соком луной. Взяла стеклянную тоненькую розетку для варенья. Молоток из тамбура. Вышла на лестницу. Разбила розетку молотком. Никто и не услышал. Спит. Хорошо. Она принялась тихонько колотить по розетке молотком, стараясь измельчить разбитые куски. Узбеки любят этот способ. Легко, чисто. Как кровь пойдет из живота, так уже все. Она собрала расколотое, зажала его в кулаке, вернулась на террасу. Открыла дверцу битком набитого холодильника. Всыпала осколки в масленку. Закрыла ее крышкой. Вытерла руки и заодно поменяла у рукомойника полотенце. («Вот уж Татьяна неряха!») Вернулась в комнату, в которой его не было (шелковая застеленная кровать мерцала пустотой), завернулась в одеяло и заснула.

«Какой отец! Какой отец! — пела она своей матери, разворачивая свертки с подарками. У матери от жадности горели глаза. Руки тряслись. Мать была запугана, труслива, лицемерна. В детстве она боялась ее до тошноты и, став взрослой, никогда нс советовалась с ней и никогда ничем не делилась. — Все для детей! Все для детей! Татьяна хочет балетом заниматься. Другой бы отец — знаешь как? Цыкнул бы: какая из тебя балерина! Выбрось дурь из башки! А этот: на здоровье! Поступишь в училище Большого театра. Пляши, пока не надоест! Все для детей!» Мать схватила дрожащими руками отрез серого габардина. «И это мне?» — расплылась она в такой же кривой и фальшивой улыбке, которой улыбалась ее дочь, желая сказать кому-то приятное. «Все тебе. Все он. Так и сказал: уважить надо. Сам все отбирал. И обувь, и теплое. Так и сказал: Нине Тимофеевне с уважением от родного зятя. Ха-ха-ха! Видишь, какой?» Мать трясла скользкой головой: «Конечно, Женя, конечно. Вы, понятно, на какой службе были... Тяжело, думаю. Не всякого пошлют. Только самых достойных. Кристальной души людей. Понятно, понятно.

Климат-то там какой? Погода какая?» — «Жарко, мама, очень. Летом очень уж жарко. Но дом у нас был чудесный. Две террасы, сад фруктовый — свой. Весной красота такая, что глазам больно: маки кругом, вся пустыня, все холмы в маках. Так и горят. Чудесно. Я с детьми. Нянька была, женщина приходила через день, полы мыла. Еще одна приходила готовить. Все местные. На концерты, в театр мы в город ездили. Шофер свой, машина. Я тебе говорю — все». Мать завистливо свистела тонким пупырчатым горлом: «Ну-и-и! А меня спрашивали: как там ваша дочка после столицы в таких местах? Я говорю: все в порядке, все хорошо, а у самой душа болит: как ты там, думаю. Одна все-таки. Двое детей. Иван занят поди целый день». — «Занят — это правда. Целый день занят. С преступниками же дело имели. Разве о себе вспомнишь? Страшные люди. Враги. Но Ваня всегда был гуманен. Ни одного несправедливого поступка. Дисциплина. Потому что ведь они тоже люди. Ведь они на исправление посланы. Мы надеялись, что в них совесть проснется. Мы старались».

Маленький восковой Филемон постучал в комнату Татьяны. Она открыла ему в нейлоновом халате с кружевами, заспанная.

— Папа, что ты не спишь? Вы меня с ума сведете!

— Понимаю, понимаю, — забормотал Филемон. — А все же хотелось бы в город попасть. Глаз не сомкнул. Боюсь. С умственно неполноценными дела не имел. Отродясь. С бандитами — да, с преступными элементами, но со здоровыми. А здесь глаз не сомкнул.

— Господи! — завелась Татьяна. — Ты себя послушай! Она тебе кто? Чужая, что ли? Вы же жизнь прожили!

— Да это кто вспоминает, — задрожал Филемон и переступил ногами в больших желтых тапочках. — Прожили, прожили. Всяко было. А что же мне сейчас в жертву ее болезни остаток дней приносить? Не для того я кровь проливал, да... На самых тяжелых участках. Жизнь прожили. Кто его знает, как мы прожили?

— Ты никак заговариваешься? — ужаснулась Татьяна. — Папа! Ну, хоть жалость-то в тебе осталась? Ты посмотри на нее!

— Жалость, жалость, конечно, — скороговоркой выдохнул Филемон. — Меня всю жизнь никто не жалел. Все для других. Все для вас. Теперь имею право на отдых. Она меня, может, зарезать хочет. Кто знает, что больному человеку в голову придет?

— Да какое зарезать! — зашаталась Татьяна. — Ее пальцем тронешь, она падает!

— Именно, именно, — прошамкал Филемон и жарко задышал ей в лицо зеленым луком. — Мне сон был. Именно что зарезать. Чужая душа — потемки. Беда. Отвезите меня в город.

— Оставь меня! Что ты меня будишь посреди ночи! — Татьяна захлопнула дверь перед его носом.

Зять приподнялся с подушек. Длинная прядь свисала с лысой головы:

— Это же не дом, а сумасшедший дом, если разобраться! И если вы думаете, что я при своей нагрузке могу тянуть еще и это... Очень сожалею, но вынужден поправить...

...Она слышала, как они возятся где-то, ходят по лестнице, шепчутся. Очень хорошо. Теперь они будут ее бояться. А то что же это такое: все спихнули на одного человека. И воду носи, и детей воспитывай, вечером в Большом театре надо быть. Сам товарищ Сталин придет. В царской ложе все и рассядутся. У Филемона, как назло, выскочил ячмень. Прямо перед балетом. Он даже зарычал от злости. «Ваня, — говорю, — Ваня! Это же не преступление! У всякого может случиться!» Он чуть не с кулаками: «Понимаешь свиную пятницу! Товарищу Сталину на глаза с таким рылом показаться!» Ячмень смазали яичным белком, припудрили немного, чтобы не так заметно. Все равно глаз — как машинная фара. Она не любила украшений. Но Филемон велел надеть ожерелье. Она согласилась. Пусть так, как он хочет. Платье малиновое, ожерелье белое. Откуда он его принес? Не сказал. Ожерелье странно пахло. То ли телом чужим, то ли каким-то деревом. «Почему у тебя-то усы? — вдруг разозлился Филемон. — Ты кто: мужик или баба?» Она посмотрела в зеркало: действительно — усы. Вот здесь две волосинки и здесь одна. Как же это они выросли? Она и не заметила. Выдрала щипчиками. Когда товарищ Сталин вошел в ложу, они все встали. У Филемона глаз с припудренным ячменем налился слезами, подбородок задрожал. Вот ведь как мужчины умеют чувствовать. Разве по нему скажешь? Отец-то заботливый, и муж... Мало сказать «заботливый», сюсюкать не любит, а все в дом, все в семью, ни на одну женщину никогда и не посмотрел...

«Ты меня завтра ночевать не жди, — сказал Филемон. — Мне надо по лагерям проехать. Ревизия. Нелады там, я слышал. Порядка нет». Уехал. В доме хорошо, чисто, виноградным вином пахнет, хлебом. Ночью духота. Она все с себя сбросила, даже простыню. Спокойно, привольно. Никто пальцами по ней не шарит, никто не храпит в шею. Он вернулся через три дня веселый. Лицо, правда, усталое, помятое. Пообедал и завалился спать. До нее даже не дотронулся. На следующий день опять как сквозь землю провалился. И через день то же самое. Возвращался помятый, веселый, свирепый. На нее, на детей — ноль внимания. Стала стирать ему рубашку — вся в женских волосах. Светлые, как паутинки. Она ничего не сказала, сделала вид, что так и надо. Мужчина. Они все такие. Этот-то хоть первый раз сорвался. А то все работа, все семья. Пусть покуражится. Добрее будет. Хотя, конечно, душа заныла. Она ее стиснула руками, выжала, выкрутила, как тряпку, ни слезинки. Пусть его. Куда он от меня денется? Лариса, Татьяна. Что, он нас на лагерницу какую-нибудь променяет? Так и не узнала, чьи были те волосы. Месяца два он возвращался домой поздно, до нее не дотрагивался. Ну и хорошо, хоть тело отдохнуло. Потом опять навалился с неохотой, молча. Наладилось постепенно. Все как всегда. Их разве переделаешь?

Пойдем на рынок, Аленушке ревеня купим, тебе ревеня купим, мне ревеня купим. Аленушке-то зачем ревень? А что же такого? Это она сейчас маленькая, а когда вырастет? Тоже будет с желудком мучиться. Пусть ревень полежит про запас. Вон какая дивчина вымахала, скоро свататься будут. Эхе-хе-хе... Борис этот какой-то непонятный. Женится — хорошо, а не женится — еще лучше. Это я вам по секрету. Татьяну уж очень жалко. Она у нас только на вид такая суровая. А сердце слабое. Роды были поздние, сколько крови потеряла, кесарево сделали. И боится она этого Бориса, как огня боится. Он и по неделям может не звонить. Очень занят. Конечно, такая работа, что не расслабишься, не до гулянок. Хотя о ребенке мог бы подумать. Нельзя же все на одного человека. Это сейчас Филемон стал так ластиться: «Женя, Женя, давай прислугу наймем, что ты все одна», а раньше, бывало, как рыкнет: «А ну, поворачивайся! Ишь ты, барыня! Мы всех бар давно вырезали!» Она слова поперек — никогда. Говорили же про Булдаева, что он жену своими руками повесил. Надоела, и повесил. Пост такой занимал, что никто и не пикнул. Самоубийство на почве болезни мозга. Не справилась женщина. Может, и так. А слухи ходили разные. Филемон тоже как-то на нее разозлился и заорал: «Удавлю своими руками!» Она, конечно, посмеялась... Мужчина. Они все такие. Только бы покуражиться...

— Ты же хотел остаться сегодня, — умоляюще сказала Татьяна. — У тебя же отгулы...

Зять шумно втянул кофе в длинное узкое горло.

— Сегодня не получится. Вся эта неделя забита в принципе. Но если что... Я буду ждать сообщений. Конечно, если что... Я пришлю машину.

У Татьяны вздрогнул бульдожий отцовский подбородок:

— Ты извини, Боренька, что так вышло... Старые люди...

— Да, — согласился зять. — Жуткое дело — эта старость. Хоть бы средство какое придумали... Принципиально бы легче стало. Где она? В комнате?

— Спит, — вздохнула Татьяна. — Я решила не входить пока. И отец спит. Наглотался валидола.

— Что ему ночью-то не спалось? — пробормотал зять и опять втянул кофе. — Струсил, что ли?

— Ах, не спрашивай! — помрачнела Татьяна, и по ее бескровности побежали красные полосы. — Как подумаю, до чего они дошли! Ведь ты вспомни, как они жили! Рука в руку, душа в душу. Не знали, как друг другу угодить. Слова грубого не слышали...

— Да, — опять согласился зять. — Жить бы так всем. Что называется, пара.

Тут она и вышла из спальни, семеня ногами и

слегка приседая от сахарной улыбчивости. Плаща на ней не было, было платье с белым воротником, праздничное. Зачем только такое платье и привезли на дачу? Сдуру, должно быть. Но вот и пригодилось. Волосы она не успела причесать, так и болтались, пегие, по плечам. А туфли надела. Татьяна ахнула:

— Мама!

— Что — мама? — заулыбалась она, пряча страх. — Я тебе уже сорок лет мама! Ха-ха-ха! Поспала и думаю: пора за дело! А то так всю жизнь проспишь! Обед-то готовили на сегодня?

Зять и Татьяна переглянулись. Она неторопливо подсела к столу. Налила себе чаю дрожащими руками. Главное, чтобы они не поняли, как она боится. Спросить бы про него: жив ли? Она заулыбалась пуще:

— А вы, Борис, никак удирать собираетесь? Жаль, жаль... Погода такая... Сходили бы на речку, рыбу бы поудили.

От слова «речка» тоже стало не по себе. Вода ведь: бросят туда ночью, в темноте, что потом кому докажешь? Отхлебнула чаю, поморщилась: невкусно. Компот надо варить. Ревеня туда побольше, смородины, крапивы. Кисло, густо, чтобы ложка стояла. Не умеет у меня Татьяна готовить, вот он на ней и не женится.

Зять кашлянул нерешительно:

— Ну, я так понимаю в принципе, что основная опасность миновала. Могу спокойно тебя оставить. — Он быстро поправил непокорную прядь, облизнул губы с налипшей икринкой. Портфель в руку — и уже у калитки. Так и след простыл.

— Пойду Аленушке грибов нарву, — лицемерно сказала она. — Или малинки лесной. Я тебе всегда, Таня, говорила: небо и земля — наша малина и лесная. Там и вкус, и аромат, все другое, никакого сравнения. Витамины.

— Мама! — рванулась было Татьяна. — Не ходи! Ты же слабая такая! И что-то с тобой еще... Ну, не ходи!

Спросить бы ее, спросить бы: жив ли он? А то чего зря прятаться? Может, его уже и закопали? Так я тогда платье сниму, туфли сброшу, будем обед варить. А если жив? Нет уж, рисковать не хочется. Это по молодости только тянет: рисковать. А уж в наши-то годы, эхе-хе-хе... Отставила чашку, сказала разумно:

— Ладно тебе, Таня. Я вас с Лялей вырастила, Аленушку тебе выкормила, что ж ты меня теперь за дуру считаешь? Погулять по лесу нельзя? — И пошла по лестнице, замирая от ужаса, потому что пришлось повернуться к запертой двери в его спальню спиной. Проходя мимо куста смородины, смахнула червяка с ветки (все ягоды пожрали, ребенка кормить нечем!). У калитки обернулась: он стоял в дверях и смотрел на нее. Рот его был открыт, глаза мутные (капли-то забыли!), белая ночная рубашка, босой. Она прикинула: бросится догонять или нет? Да куда ему! Ноги корявые, неловкие. Она успеет убежать. Так что вот теперь я и позабавлюсь: помашу ему рукой: «Здравствуй, Ваня! Доброе утро!» Она помахала Филемону дрожащими пальцами.

— Куда это она? — просипел Филемон, хватаясь за Татьянино плечо. — Куда она пошла-то?

— Погулять, — тихо сказала Татьяна. — Ягод хочет нарвать. Ей лучше.

— Доченька! — захлюпал Филемон. — Ты у меня одна на свете! Сделай милость: увези!

— Говорю тебе: ей лучше! Погулять пошла! Завтракать садись!

Через два часа бросились искать: Татьяна и две сердобольные соседки. Прочесали весь лес. Нету. Татьяна побежала в милицию, история повторилась. Нашли в осиннике и привели. Она прижимала руки к сердцу, оправдывалась: «Да что вы, ей-богу! Погулять нельзя! Мне доктор велел дышать лесным воздухом!» Соседки только плечами пожимали: «Вы глядите, Таня, а может, и правда ничего такого? Ну, устала ваша мама на кухне пахать, ну, хочется ей расслабиться! Что вы с ума-то сходите?» — «Вот и я говорю! — смеялась она. — Не дают мне подышать! Всю жизнь на мне ездят! Уж, кажется, перед смертью-то имею право! Погулять-то имею право?» Татьяна смотрела на нее сжимающимися и разжимающимися зрачками: «Ты меня разыгрываешь, что ли? Что с тобой?» — «Да говорю тебе человеческим языком: ничего! — отмахнулась она. — Устала я на кухне пахать! Тебе и все то же самое скажут! Дай ты мне проветриться!» Татьяна не выдержала, заплакала: «Мама! Пожалей меня! У меня голова кругом идет! Ты в себе или нет?»

Хорошо, что она проста, ничего не поймет. Пусть считает, что мне погулять хочется. У нее мозги всегда были какие-то дырявые. В науке умна, а в жизни хуже младенца. Ее-то я обведу вокруг пальца, лишь бы она уехала, лишь бы нас с ним вдвоем оставили. Я его сама и закопаю. Все равно, пока все в свои руки не возьмешь, ничего не получится. Кто кого. Убежать не дали. Выход один. Тоже страшно, конечно. Зато это уж самый последний страх. Еще попугаюсь немножко — и свобода.

«Нет уж, дудки! — хохотал Филемон. — Ты мне

свою племяшку не подсовывай! У меня баба — во! На большой палец! Женился — и как в раю! Уважение полное. Скажу: ноги мой — и будет мыть! Нет! Такую поискать! Вот она приедет через недельку, и милости просим! Убедисся сам. Зверь-баба!» — «Как звать-то? — спросил наполнивший стаканы холодной прозрачной водкой, в расстегнутом на груди френче. — Скажи, как звать, и выпьем за твою бабу!» — «Женей, — ласково прохрипел Филемон. — Такая чернушечка, кошечка такая, крепышечка...» — «Ишь, тебя скрутило, — усмехнулся слушатель. — Никогда за тобой такой нежности не знал...» — «Какая нежность? — удивился Филемон и опрокинул в рот стакан. — Нежность, говоришь... На нашей работе нежничать не положено. Я на этих баб насмотрелся, сам знаешь! Пять лет в начальниках проторчал. И голых, и всяких. Они при мне мыться были обязаны, если захочу, во как! Для порядка! Я ж как врач! Лечу их, сук, к жизни возвращаю!» — «Ну, и как? — скривился приятель. — Мылись? Для порядка?» — «А чего? Конечно, мылись! Мылись-вытирались, не сопротивлялись!» — «Соскучишься ты без этой работы!» — «Да нет, уж хватит, — помрачнел Филемон. — Поважнее есть дела на свете. Раз партия посылает, мое дело подчиниться. А Женя за мной — как лошадь за хозяином. Беру за повод и веду. Вот как...»

Не справлюсь я с ним, ни за что не справлюсь. Плохо. Он ведь все притворяется. И то, что старый, и то, что больной. Никакой он не старый. Если тогда не умер, то уж никогда и не умрет. Будет мучить. Ноги свои заставит мыть. Сначала Аленушку искупаю, а потом в этой воде (не греть же лишний раз!) буду ему ноги мыть. Вот и стекло не подействовало. Мало наколола. Но теперь уж не исправишь. Молоток спрятали, розетки спрятали. Уходить пора. Жили люди в лесу, еще как жили! Целыми семьями, с детьми. Обживусь — и Аленушку с Татьяной к себе возьму. Маленькие мои дочки. Родила, выкормила. Обживусь и заберу от него. А то он их еще в этот барак спрячет. Скажет: «Поработайте-ка! Распоясылись... Не будет вам никакого театра. Никаких таких балетов».

Она тихо натянула платье. Сняла наволочку с подушки, положила в нее резиновые галоши, батон хлеба, мыло в мыльнице. Кажется, все. Это на первое время. Там уж люди помогут. Здесь, конечно, лесов нет, но маки погуще всех лесов будут. Спрячусь в маки, а там видно. Узбеки нас любят. У них здесь до советской власти такое было! Каменный век. Она спустилась с лестницы, держась за перила. Лунный свет наполз на ее лицо. Небо серело в ожидании рассвета. Ей вдруг захотелось поцеловать Аленушку. Она положила наволочку на ступеньку, бесшумно вернулась в комнату. Аленушки нигде не было. Она попыталась вспомнить, куда же ее могли уложить спать, и запуталась. В боковой комнате он, наверху Татьяна. Где же Аленушка? Неужели с ним? Господи, Господи! Она мелко закрестилась непривычными пальцами. Ведь он притворяется! Как же Татьяна не понимает? Она постояла в темноте, переминаясь с ноги на ногу. Ну, в другой раз. Прощайте.

СОН В ЛЕТНЮЮ НОЧЬ

Она ненавидела свое имя — Роза. Но и английский вариант — Роуз — ей не нравился. Тогда она стала Рейчел, и это сухое острое слово с решительным «й», переходящим в темное неспокойное «ч», прекрасно соединилось с ее подвижным телом, тонкой талией и короткой стрижкой. Оно, это имя, стало частью ее глуховатого смеха, ослепительных черных глаз, всегда невеселых, с застывшим во глубине их страдальческим гневом, длинных и густых черных бровей, яркость которых — вместе с ослепительными глазами — делала лицо почти мраморным. С того дня, когда она вместе с двумя детьми — двухлетним мальчиком и четырехлетней девочкой — приземлилась в нью-йоркском аэропорту и Олег Васильевич стоял в первом ряду встречающих, молодцевато напружинившийся, с огромным букетом только что вынутых из морозильника, запеленатых роз, взволнованный и красный, в майке, на которой была нарисована фрачная «бабочка», что означало шутку, — ибо жара, лето, и, разумеется, он пришел в майке, но, с другой стороны, это был особый день, долгожданное событие, поэтому он и нацепил не просто майку, а с намеком на фрак, торжество, праздник, — с того дня прошло ровно двадцать лет. И воды, неспокойной и жилистой, подхватившей столько словесного сору, столько больших и малых смертей, столько болезней, — так много воды утекло за эти двадцать лет, что если бы все ее капли собрались вдруг вместе и так, единым потоком, рухнули в глубочайшую впадину или, на худой конец, в какой-нибудь котлован, то там, внутри впадины или котлована, образовалось бы необозримое, жгучее от соли море и отразило в себе...

Нет, может быть, ничего и не отразило бы.

Рейчел, кстати, не хотела никаких отражений. Она требовала, чтобы жизнь была как ровная, забетонированная поверхность. А рытвины потрясений, гнойники памяти — все это должно остаться внутри, и как можно глубже.

Почему же майским вечером — пышным, светло-синим, когда особенно неутомимо и радостно переливался и грохотал город, оказавшись на «Щелкунчике» рядом с незнакомой женщиной, почему она — сама, первая! — заговорила с ней и, по акценту поняв, что соседка ее родом из России, тут же перешла на родной язык и сказала, что сегодня ровно двадцать лет, как она из Москвы?

О страхах ее никто не знал. Их было много, но **этот** — по силе своей — равнялся лишь ее навязчивому страху смерти. Пусть ездят другие, пусть они покупают там дачи, ходят по театрам, отбеливают зубы! Ей — нельзя. Ведь даже если их уже нет на свете — ни Теймураза, ни Верико, — лишь рассыпавшиеся кости, лишь развалившиеся черепа с вытекшими глазами, когда-то похожими на продолговатые мокрые сливы, — все равно они лежат, продолжают рассыпаться, расползаться и догнивать в **той** земле. Значит, если она вдруг ступит на **ту** землю, подошвы ее почувствуют их. Рейчел хотела покоя и, кажется, обрела его, выйдя замуж за Майкла и снова перебравшись в Нью-Йорк после четырнадцати лет жизни с Олегом Васильевичем в Лос-Анджелесе. Олег Васильевич отслужил свое, он выполнил все, что от него требовалось, и наконец — ни на секунду не заподозривший, что Саша не его ребенок, поверивший ей и даже не посчитавший толком сроков беременности, — Олег

Васильевич начал постепенно вызывать у нее острое раздражение именно тем, что все уже выполнил, а теперь без толку дышал рядом, и рядом сопел по ночам, и — главное — пил кофе, отвратительно оттопырив мизинец.

Будучи уже ничем, совершенно напрасно, без толку! Она не желала ему плохого. Только исчезнуть. Заплатить как можно больше по разводу и исчезнуть. С Майклом, который подвернулся тогда, когда мизинец Олега Васильевича стал особенно гадок, блеснуло поначалу что-то вроде любви и, главное, страсти, а она знала, что это такое, она-то помнила.

Теймураз, хриплое дыхание его.

В Лос-Анджелесе Майкл был всего-навсего одним из многочисленных голливудских продюсеров. Рейчел настояла на том, чтобы он перебрался в Нью-Йорк. В два счета она привела в порядок все его дела, продала один дом и тут же купила другой, гораздо более удобный и в лучшем месте. Олег Васильевич выплатил ей при разводе двести пятьдесят тысяч (ах, господи, да что такое двести пятьдесят тысяч в Нью-Йорке?), и Майкл стал наконец одним из самых успешных режиссеров-документалистов. Ее волей, ее мозгами! Так что все вроде бы шло хорошо: деньги были, и было что-то вроде любви, ну, скажем так, страсти, но покоя не было, и по-прежнему она покупала вещи только на больших распродажах, чтобы хоть в чем-то не потерять лишнего.

На этом-то он и поймал ее, скользкий бесенок. Маленький рогатый хорек с глазками, похожими на сморщившийся изюм. Он вечно скребся, вечно царапался и попискивал всякий раз, когда Майкл начинал вдруг разбрасываться деньгами, делать дорогие подарки матери, сестрам и дочке от первого брака, — да если он даже просто оставлял официанту щедрые чаевые, Рейчел чувствовала, как бесенок внутри ее просыпается от негодования и, сладострастно урча, впивается коготками в самую печень. И когда эта русская милая женщина на балете «Щелкунчик» обмолвилась, что ей уже пятьдесят восемь (чему поверить, глядя на ее молодое, блестящее от косметики лицо, было просто невозможно!), бесенок внутри Рейчел стал вдруг горячим, как уголь, и тут же — маленький, мускулистый мерзавец! — проскользнул глубоко в ее горло и суховатым голосом удивился:

— Может быть, вы тогда поделитесь своим секретом?

— В Питере, — сказала балетная соседка. — Частная клиника. Европейское оборудование, хирурги! У нас здесь таких нет! Хотите, запишите телефон. Да, вот у меня с собой, вот он, в книжечке. Там это стоит в десять раз дешевле, чем здесь. Я не преувеличиваю: в десять раз.

Вернувшись домой, она села перед зеркалом и жадно, страдальчески, гневно всмотрелась. Сейчас еще ничего, но через пару лет будет ужасно. Откинула шею. И шея тоже. Сорок пять, пора. Значит, если с дорогой и с проживанием прямо там, в клинике, все это обойдется не больше чем в три — три с половиной тысячи. Грех не воспользоваться. Майкл ничего не будет знать. Поехала в Россию навестить родственников. О Москве не вспоминать, не думать. Лететь прямо в Питер, десять дней в клинике, обратно на самолет и домой. Из клиники можно и вовсе не выходить. Десять дней полного отдыха. Отосплюсь.

Утро, в сгустках неуклюжего июньского тумана, похожее на мокрый деревенский платок, пахнущее бензином и только что родившейся в парках травой, приняло Рейчел, заспанную, за свою, но вскоре опомнилось, распознало иностранку и вытолкнуло прямо ей под ноги щуплого, ростом с двенадцатилетнего школьника, мужичка:

— Speak English? Go in town?[1] — начал было мужичок, но она оборвала его:

— Я говорю по-русски.

И назвала адрес.

Он покрутил головой — маленькой, птичьей, со спрятанным под кожаную кепочку хохолком — и, недовольный, что заработать, как хотелось бы, не удастся, крякнув, подхватил ее чемодан, свалил его в багажник, и они покатили в разболтанной, прокуренной машине, где над зеркалом была приколота толстоногая Пугачева — вся белая, кудрявая и перетянутая, со своими русалочьими развратными глазами, выплывшими из-под огромной и пышной, как свадебный торт, шляпы.

В клинике, несмотря на раннее утро, никто не спал. Девушка с чудесной темно-русой косой и выпуклым светлым лбом, только что выкурившая сигарету на лестнице и поэтому быстро засунувшая в рот леденец, провела ее в одноместную палату, где негромко работал подвесной телевизор, а ванна была ослепительной, как первый снег, который, однако, здесь, в этом городе, никогда не успевает продержаться в первозданном своем, ослепительном облике из-за

---

[1] Вы говорите по-английски? Едем в город? (*англ.*)

ядовитых выхлопных газов. Операцию назначили на одиннадцать, предложили принять душ и немного подремать. Есть нельзя: наркоз.

Рейчел покорно приняла душ, вымыла голову и только опустила ее на хрустящую подушку, как солнечный столб из окна, надвое разрезавший комнату, стал таять, а вкусный, как яблоко, девичий голос протянул: «Ну, прямо! Когда ж я успею?» Через секунду наступило беззвучие. Она спала. Любая энергичная, располневшая на даровых обедах санитарка, заглянувшая в палату с невыключенным телевизором, увидела бы, что прилетевшая из Нью-Йорка пациентка крепко спит, устав от дороги, — в то время как сама Рейчел (может быть, из-за этой ее неугомонности и вечной тревоги) почувствовала, что давно встала и — свежая, сильная, энергичная — отказалась от ненужной операции, вышла из клиники, поймала такси и поехала на Московский вокзал, чтобы немедленно, с первым же поездом укатить из Петербурга в тот город, где сорок пять лет назад ее покойная мать, визжа и вцепившись ногтями в руку терпеливой и тоже давно уже покойной акушерки, выталкивала окровавленную черноглазую девочку на свет жизни.

Итак, она доехала до Московского вокзала, расплатилась с таксистом — оказался тот же самый, с хохолком и белотелой развратницей, — почувствовала, до чего голодна — так бы и проглотила всю продовольственную палатку, — убедилась, что поступила правильно, не оставшись в клинике и не рискнув своим великолепным лицом, — что они умеют, эти русские? — разыскала буфет, заказала блины с красной икрой, но тут же остолбенела, не донесла до раскрытого рта серебристую вилку с жирным, сладковатым тестом, потому что в буфет, крепко держа за руку маленького Сашу, вошла женщина, знакомая до того, что при ее появлении у Рейчел остановилось сердце.

Кольца на мощных, подвижных пальцах вошедшей были те же самые, памятные с семьдесят шестого года. Тогда Рейчел, чудом не рухнувшая без сознания, энергичная, волевая Рейчел, вскочила и с пересохшим в горле отвращением двинулась к этой старухе, чтобы вырвать из ее рук все еще почему-то маленького, совсем не подросшего Сашу. Женщина немедленно заслонила Сашу собой, своей черной, шуршащей, как сухая листва, юбкой и что-то гортанно, яростно крикнула, но Рейчел не разобрала ни слова.

Через час стройная, с чудесной косой и светлым выпуклым лбом медсестра Катя вошла в палату, где недавно прибывшая из Нью-Йорка пациентка все еще спала с искаженным от гнева лицом и запекшимися губами, ласково разбудила ее и повела в операционную, где Рейчел, ненадолго очнувшаяся от увиденного, снова провалилась, но теперь уже в приятный, золотисто-зеленоватый туман, в котором звучали спокойные голоса, что-то звякало, и один раз густо и горячо пробежало по правой стороне лица соленое и немного колючее существо. А когда с перебинтованной и похожей на маленький белый купол головой, где на макушке топорщились твердые от крови короткие волосы, ее привели обратно в палату, и уже другая, сменившая крутолобую Катю медсестра спросила, что принести на обед, сырников со сметанкой или блинчиков с красной икрой, Рейчел вспомнила привокзальный буфет, и кровь ее больно запульсировала под бинтами.

Через три дня разрешили выйти на улицу. Марлевое сооружение наконец размотали, велели помыться — она долго стояла под душем, и бесцветная ленинградская вода стекала с нее красной, терпко пахнущей кровью.

На Невском проспекте было ветрено, вспыхивало холодное солнце на торопливых, похожих на свежеслепленные вареники лицах. Она смотрела на них сквозь темные очки. Очки прятали ее распухшие, окруженные синяками глаза. Юноша с прыщиками вокруг тонкого рта, немного сутулый, играл на скрипке, не обращая ни на кого внимания. У ног его лежал раскрытый футляр. Она остановилась, послушала. Ему было лет двадцать, чуть больше. Ровесник Саши. Саша сейчас в Лос-Анджелесе, у Олега Васильевича.

Рейчел достала три монетки по двадцать пять центов, бросила в футляр. Юноша искоса взглянул на них и темно покраснел. Нужно было, наверное, дать доллар. Что он будет делать здесь с американской мелочью? Но она поздно сообразила это, жаль.

Две цыганки в пестрых, забрызганных грязью юбках, во множестве звонкого, торопливо сбегающего по шеям и пальцам золота перегородили ей дорогу.

— Красивая! — закричала одна из них, помоложе, на груди у которой болтался привязанный, крепко спящий младенец. — Не убегай, красивая, слушай, что скажу!

Рейчел попробовала было обойти ее, но цыганка цепко схватила ее за рукав.

— Правильно, что сама к нам приехала, красивая! А то он бумагу собрался писать! Адрес твой разыскал! Не спряталась ты от него, красивая!

От неожиданности Рейчел приподняла темные очки и увидела, что младенец на руках у цыганки резиновый, надувной, с вылезшими капроновыми ресницами.

— Поберегись, поберегись, красивая! — каркнула цыганка. — Слушай, что скажу!

Она вдруг нырнула в щербатую, остро пахнущую помойкой подворотню, и Рейчел почему-то пошла за ней.

— Сперва заплати, красивая, — приказала цыганка. — Дело деньги любит!

Рейчел достала из сумки пять долларов.

— Жадная ты! — засмеялась цыганка, — жаднее всех! А я тебе все равно правду скажу! Ты от него детей увезла, а он из казенного дома к матери пришел! Бумагу написал, чтобы тебя, красивая, за беспредел наказать! Сыну решил про тебя рассказать, вот какие дела, красивая!

— Откуда ты знаешь? — прожигая ее распухшими глазами, спросила Рейчел.

— Еще зелененьких накидай, красивая! Жадной будешь, беду наживешь, все добро потеряешь!

Рейчел вдруг опомнилась. Вскочила со скользкой от тополиного пуха лавочки и побежала по направлению к Невскому.

— Деньги все жалеешь, красивая, а друга

не пожалела! — крикнула ей вслед цыганка и тут же, свистнув юбками с приставшим к ним голубиным пометом, обогнала ее, закурила на ходу и, видимо поняв, что только теряет время, затесалась в толпу.

Значит, он жив. Он жив и приготовил бумагу. Хочет пробиться к детям. Как же он это сделает? У Верико есть связи. Брат, кажется, в Швейцарии. Майклу об этом говорить нельзя.

Ночью она не могла заснуть, потом кто-то громко крикнул «красивая!», и в углу, где тускло светилось зеркало, неожиданно заскрежетал трамвай, которого она, оказывается, долго ждала.

Затылком к ней, у промороженного окна, сидел кто-то. Она знала этот затылок до мельчайших подробностей: небольшую, с обеих сторон старательно закрытую жесткими кудрявыми волосами лысину, родинку за правым ухом, широкую статную шею, помнила даже запах горьковатого одеколона, которым сидящий в трамвае обрызгивал лицо себе после бритья.

* * *

— У вас разменять не найдется?

— А вы нэ платитэ, дэвушка, — сказал он с сильным грузинским акцентом и медленно обернулся. — Эсли кандуктор придет, я за нас с вами штраф а-атдам, а мэлочи у меня самого нэт.

Она была бедной, молодой, гордой и больше всего хотела замуж, потому что устала жить в коммуналке с отцом и бабкой. Но еще больше она хотела влюбиться — кровь загоралась в ней при одной мысли о страшных объятьях, невыносимых прикосновениях, — но подруги, гораздо менее красивые, чем она, давно уже сверкали своими обручальными кольцами и в перерывах между экзаменами бегали на аборты, а ей все не везло, не везло, хотя и она потеряла девственность на втором курсе. Не по любви. Исключительно из любопытства, и тот, с кем это случилось, был таким же молоденьким, таким же любопытным и таким же неопытным, как она. Кроме того, он приходился родным братом Осиповой, с которой они вместе учились. Договорились попробовать однажды вечером и попробовали. Брат Осиповой вскоре женился на крепкой высокой девушке, приезжей из Ташкента. Это было два года назад.

— Можно я вас пра-а-вожу? — спросил тот, у которого она попыталась разменять десять копеек.

Они пошли к нему домой, в небольшую однокомнатную квартиру на Ломоносовском, которую он тогда снимал. Вернее, Верико снимала ему за сто пятьдесят рублей. Ни один из них не произнес ни слова. Она сняла пальто и, как была в зимних сапогах и вязаной шапочке, покорно легла на диван.

Утром он вызвал такси и сам расплатился с шофером. Меньше всего она поверила, что в четыре он будет ждать ее там же, на трамвайной остановке. Уже тогда она никому не верила на слово. Весь день, до четырех, тело ее горело так, будто она много часов провела на открытом солнце где-нибудь в Коктебеле или Сочи. Близких подруг у нее не было, но была Осипова, та самая, брат которой женился на девушке из Ташкента. При слове «грузин» Осипова выкатила белки и подавилась сигаретным дымом.

— Розка, — сказала Осипова, давно уже замужняя и несчастливая в браке. — Не подцепи чего-нибудь.

Через месяц она перебралась к нему на Ломоносовский. Дома, в коммуналке, остался тихий, небритый отец, бывший военный, которого лет за пятнадцать до этого бросила ее мать, тоже черноглазая и отлично танцующая танго. Узнав, что дочка переезжает к аспиранту-грузину, отец пожелал запретить, схватился за сердце и даже неловко ударил ее по лицу костяшками прокуренных пальцев.

— Он же на тебе не женится! — кричал отец, пытаясь перекричать магнитофон, который она завела, чтобы не слышали соседи. — Неужели ты, идиотка, думаешь, что он на тебе женится?

— Я на тэбэ нэ жэнюсь, — сказал Теймураз, — мнэ нужен чистый снег. — Он подхватил пригоршню рассыпавшегося снега с верхушки сугроба. — А ты нэ чистый, по тэбэ уже ходили.

Из гордости она не говорила ему, что многочисленные любовники, которых он ей приписывал, существовали только в его воображении, а в жизни был всего лишь одноразовый брат Осиповой, но поджимала губы и, сверкая глазами, совсем переставала отвечать, отворачивалась. Ночью он обычно просил прощения, бормотал нежные слова, а она и в постели была молчаливой, никогда ничего не бормотала и однажды так сильно укусила его в шею, что он вскрикнул.

Летом она обнаружила, что беременна.

Денег не было совсем, аборт — так, чтобы с наркозом и по знакомству — стоил дорого, они продали в букинистический Полное собрание сочинений Паустовского, но этого не хватило, поэтому она зашла в гости к Осиповой в ее богатую генеральскую квартиру и незаметно положила к себе в сумочку маленькую Ахматову и синенькую Цветаеву из «Библиотеки поэта» (ни Осиповой, генеральской дочке, ни мужу ее, сыну академика, не нужны были эти книги, которые им к тому же ничего не стоили). В букинистическом на Арбате у нее с рук купили и Ахматову, и Цветаеву. Теперь можно было искать врача, договариваться, но у Теймураза, которому она позвонила из автомата и сообщила, что деньги есть, вдруг мрачно упал голос, он велел ждать его на Калининском рядом с подземным переходом, приехал на леваке, потащил ее обедать в «Прагу», на второй этаж, где летом столы накрывали на открытой веранде, и там, не отрывая от ее лица своих продолговатых, похожих на размокшие сливы, умоляющих глаз и отщипывая от пыльного листа растущей в кадке пальмы, сказал, что долго советовался по телефону с мамой (так он называл свою мачеху Веру Георгиевну, живущую в Тбилиси) и она, оказывается, видела сон, в котором фигурировал младенец мужского пола, похожий на Теймураза как две капли воды.

— Я на тэбэ жэнюсь, Роза, — сказал он. — Нэ дам сына убивать, нэ дам.

Она знала, что он женится только из-за ребенка, поэтому в день свадьбы была мрачнее тучи и особенно неутоленно сверкала зрачками. За несколько дней до того, как их расписали, прилетела из Тбилиси «мама», Вера Георгиевна, Верико, совсем еще нестарая — лет пятидесяти семи, статная и большая, с огромной прической, роскошно одетая во все черное, в бриллиантах на каждом пальце, обняла ее и даже притиснула к сердцу, пронзительно пахнущему французкими духами сквозь тонкое черное платье. Тогда же Роза почувствовала, что у Веры Георгиевны не было дня хуже, чем этот, и вскоре — по томным, мучающимся взглядам, которые та бросала на своего «сына», — поняла, что не ошиблась.

Верико привезла деньги, заставила Розу купить сиреневый брючный костюм (ничего уже не лезло на вспученный живот, где сидел младенец), позвонила директору Елисеевского магазина, пророкотала басом: «Жора, дарагой, я са-а-аскучилась», — а потом перечислила по бумажке все, что нужно к столу. Гостей было немного: отец во всех своих орденах и медалях, бабка, мать бросившей Розу матери, в длинном шелковом халате, который появился в их доме тогда, когда они с мужем строили Китайскую железную дорогу, Надар, ближайший друг Теймураза, тоже аспирант и тоже грузин, и на исходе вечера пришла закопченная горем Осипова, брошенная сыном академика.

Эка родилась через четыре месяца после свадьбы. Первый раз вставшая с постели Роза подошла к окну и увидела, как Теймураз, бледный и расстроенный, сидит на скамеечке в сквере роддома, сжимая в руках окровавленный пакетик с клубникой. Лицо у него было таким, словно ему только что сообщили тяжелый диагноз. Верико прислала пятьсот рублей, но сама не приехала и новорожденной интересовалась мало. Бабка, построившая в свое время Китайскую железную дорогу, вызвалась помогать, но была забывчива, бестолкова, засыпала на ходу. Тихий несчастливый отец той же осенью умер во сне от инфаркта.

Если бы не строптивый характер Теймураза и не барские его, вывезенные из Тбилиси привычки, денег, которые каждый месяц присылала Верико, должно было бы хватать на жизнь. Но он не признавал никакого другого транспорта, кроме такси, никакого другого мяса, кроме рыночного, никаких рубашек, кроме тех, которые приносили фарцовщики. Перевод от Верико приходил первого числа. К десятому деньги заканчивались. Роза была в ужасе. Скандалы, бушующие на глазах у двухмесячной Эки — таких же, как у него, влажных, продолговатых, похожих на сливы, — с каждым разом становились все громче.

— Ты! — кричал он. — Что ты мнэ будэшь гаварить здэсь! Ты мнэ даже сына не сумэла родить! Ты мнэ будэшь указывать!

Он уходил к себе в лабораторию, яростный, с трясущимися руками, но еще не насытившийся ею, еще одурманенный ее ледяным молчанием, особой какой-то бледностью, которая страшно шла ей, и через два часа начинал звонить домой — сперва раздраженно, чтобы продолжить спор, потом мягче и наконец совсем терялся, скрипел зубами от отчаяния, а вечером возвращался на попутке, с измятыми цветами, заняв у Надара очередную двадцатку. Потихоньку она начала продавать хозяйские книги. Сначала Фенимора Купера, потом Джека Лондона, Стефана Цвейга. Хозяева работали в Каире, ни о чем не догадывались. Теймураз пропажи книг, разумеется, не заметил.

Эке исполнился год, и Надар, единственный в Москве близкий человек, пришел поздравить.

— Можно двери обивать, — сказал он строго. — Нетрудная работа. Импортным кожзаменителем. На складе есть друг. Материалы будет отдавать дешево. Каждая дверь — восемьдесят рублей. Три двери в неделю — двести сорок. Четыре — триста двадцать. Заказы будут.

У Теймураза в наивном, надменном лице вспыхнуло сомнение: кожзаменитель этот, он что, ворованный? Надар не успел ответить.

— Хочешь больного ребенка? — ледяным своим голосом перебила его Роза, кивнув подбородком на щуплую Эку. — Без овощей, без фруктов! Ты посмотри на нее! Она же вся в диатезе! Зеленки не хватает! Вся запаршивела!

Он резко вскочил и изо всех сил рванул на себя скатерть. Вино разлилось по полу, посуда разбилась. Она поняла, что победила.

Теперь они виделись мало, в основном по ночам. Он пропадал в лаборатории, а по субботам и воскресеньям обивал двери. Надар скоро остыл к своей затее, да и деньги были нужны ему не так остро, — и Теймураз остался один. Роза вздохнула свободнее: наняли няньку и начали покупать на рынке фрукты и овощи. Возвращаясь домой за полночь, с серым от усталости лицом, он вываливал на кухонную клеенку то двести, то триста рублей и тут же засыпал. Времени на скандалы не было.

Через полтора года его посадили за скупку краденого и незаконное предпринимательство.

Суд был в среду. В пятницу разрешили короткое — на десять минут — свидание.

— Щто ты желтая вся? — спросил он через решетку. — Щто болит, радость моя, а?

Она молча смотрела на него своими ослепительными, сухими глазами. Ему дали десять лет. Одна с крошечным ребенком. Без копейки. Опять все равно что не замужем. Только на четыре года старше.

— Я залетела, — глухо сказала она. — Надо скорей избавляться.

Он побелел. Губы на колючем поседевшем лице затряслись. Ей показалось, что он сейчас станет перед ней на колени — там, со своей стороны решетки.

— Ума-аляю тэбя, — пробормотал он, — нэ убывай! Пускай сын будэт!

— Ты что, рехнулся? — спросила она и тоже побелела. — Как же я сейчас рожать буду? Одна?

— Мама па-аможет! — прохрипел он. — Я маму па-апра-ашю, она сделаэт! Я тэбя на руках носить буду, только нэ убывай!

— Где ты меня будешь носить? — спросила она. — По территории лагеря?

Теймураз не ответил. Так его и увели, закрывшего локтем седое лицо.

Через два дня она познакомилась у Осиповой с Олегом Васильевичем Желваком. Олег Васильевич приехал из Риги, чтобы получить израильскую визу в голландском посольстве. Эмигрировать он собирался в Нью-Йорк вместе с мамой. У него была шелковая бородка и очень длинные пальцы. Желваки, действительно заметные на худощавом приветливом лице, перекатывались под кожей. Олег Васильевич, зубной врач районной рижской поликлиники, был холост. Ее ослепительные глаза обожгли его, и, как всякий не очень решительный человек, который должен хоть раз в жизни сделать что-то сгоряча, не раздумывая, Олег Васильевич тут же, на кухне у Осиповой, сделал Розе формальное предложение.

— Я согласна, — сказала она и слегка приоткрыла бледные, без помады, губы. — Но я в некотором роде замужем.

— Это ничего, — вспыхнул Олег Васильевич. — Вы разведетесь.

В Америку он улетел только через восемь месяцев, задержавшись из-за внезапной болезни и смерти матери. Теймураз был в лагере под Архангельском. Она могла увидеть его — раз в году полагались свидания — и не увидела. За большую взятку — ход нашла она, деньги, разумеется, заплатил Олег Васильевич — их с Теймуразом развели, ничего не сообщив ему предварительно. Олег Васильевич удочерил Эку — за еще большие деньги. Саша, которого она не уничтожила, пока он был внутри, родился как законный ребенок Олега Васильевича Желвака, и молодежен-отец (шелковая бородка, нежные пальцы!) ничего не заподозрил.

Она умела молчать. О, как умела! Слава богу, что не погорячилась с абортом. Этот будущий ребенок склеил их намертво. Саша родился, и Олег Васильевич начал, как лев, бороться за выезд своей семьи из России. Добился личной аудиенции с сенатором Тедом Кеннеди. Тот вышел к нему — пахнущий английскими духами, с тяжелой, в глубоких, припудренных рытвинах челюстью. Пожал Олегу Васильевичу руку.

Роза бросила однокомнатную на Ломоносовском тайно от Верико. Верико постоянно наезжала в Москву хлопотать за Теймураза, обивала пороги, совала взятки. За один год она превратилась в старуху от горя. На Розу смотрела с ужасом, словно чувствовала, как там, в аккуратной, стриженой голове, под мраморным лбом, текут страшные для Теймураза мысли, рождаются бесноватые планы, и холод, холод стискивает сердце молодой этой женщины, которая всякий раз, говоря о муже, бледнеет и раздувает ноздри.

Саше было семь месяцев, когда она удрала, не оставив Верико даже записки, поселилась в Вострякове, в деревенском доме у глухой, колченогой старухи, ждала, пока придет разрешение на выезд, мучилась с двумя маленькими детьми, сама таскала воду из колодца. Деньги-то как раз были, могла бы снять нормальное жилье — Олег Васильевич давал деньги! — но она боялась уже не только Верико, не только Надара, который получил два года условно и мог — о, мог бы, если захотел! — разыскать ее, она боялась всех — чужих и знакомых, боялась собственной тени, телефонного звонка, стука в дверь, даже глухой, колченогой старухи, которая потом, уже в Лос-Анджелесе, много лет подряд снилась ей со своей вылезшей, пегой косой...

Значит, он жив и хочет получить детей. Цыганка не обманула. Все было напрасным: шелковая бородка Олега Васильевича, которая вечно забивалась ей в рот, когда он по ночам начинал вдруг целовать ее, запах его тонкой, веснушчатой кожи, гадкая фамилия Желвак, Майкл...

Ночью пахнущий рыбами и мокрым деревом ветер поднялся в городе, загудели его провода, и белые богини в Летнем саду с мучением сдвинули брови.

Рейчел спала, но сон ее был исполнен отвратительных видений, которым неоткуда было взяться в этой осторожной, хотя и беспокойной душе. Она видела себя в поле, полном чего-то хрупкого, потрескивающего, по чему идти сначала было даже приятно, как по хворосту. Потом только она догадалась, что под ногами людские кости. Тогда она побежала, но треск нарастал — значит, она попала на какое-то захоронение, расположенное здесь, в России, и тут же странная мысль, что кости не бывают ни русскими, ни китайскими, но просто чьими-то, — эта мысль так и пронзила ее. Одновременно Рейчел ощутила, что нужно все-таки подождать, пока они обрастут...

Тут жуткий сон словно бы задохнулся, и чем должны обрасти кости, не произнес, расползся, а Рейчел потянуло вниз, в бархатную, глубокую черноту, изнутри которой заблестел радостный детский голос, требующий, чтобы принесли мяса.

Из последних сил она еще попыталась понять, что за связь между этим захоронением с его громким подземным треском и словом «мясо», но ничего не поняла и проснулась от страха.

Никто не видел того, что только что видела она. Никто ничего не слышал. Лимонным, с нагретыми прожилками, светом мерцала настольная лампа над раскрытой книгой отлучившейся дежурной сестры.

Нью-йоркская пациентка натянула на себя платье, торопливо собрала сумку и, спустившись по сильно пахнущей табаком черной лестнице, вышла на улицу. Она уже ни секунды не сомневалась в том, что ей нужно делать. Искать этих покойников, если они еще существуют. Вот что сказал ей сон, она его разгадала.

Нельзя было приезжать сюда. А раз уж приехала, значит, их нужно найти и договориться с ними. Мозг ее работал острее и интенсивнее, чем обычно. Почему-то она ни секунды не сомневалась в том, что узнать, где они, можно будет у Надара. А Надара легче легкого разыскать в той лаборатории, где они с Теймуразом когда-то работали вместе. На Ломоносовском проспекте, рядом с ФИАНом, во дворе. Там, кажется, была арка. И серый сугроб рядом с ней. Билет она купила прямо в поезде. Все пассажиры, кроме угрюмого старика в рубашке, открытой на кудрявой груди, крепко спали. Потом появилась проводница, ласковая и слегка отечная, шепотом спросила, не хочет ли Рейчел покушать. Проводница была похожа на Анну Елисеевну, соседку по подмосковной даче. Те же умиленные глазки, тот же остренький клюв, нависший над подрисованной верхней губой.

— Послушайте, — не выдержала Рейчел, — вас не Анной зовут?

— Анной, — ахнула проводница, — вы откуда знаете?

— А по отчеству? — замирая, спросила Рейчел.

— Владимировной, — суетливо хихикнула проводница.

У Рейчел отлегло от сердца.

— Могу ли я попросить у вас чаю?

— И чаю можете, и какао. Кофе вот, к сожалению, кончилось. Привык наш народ кофе дуть, прямо не напасешься. А что к чайку хотите? Могу бутербродик принести, могу пирожное. Шоколад есть бельгийский, очень великолепный. Пористый.

У Надара был массивный пористый подбородок. Она толкнула дверь коленом, как делала всегда, когда сильно волновалась. Та же лаборатория, ничего не изменилось. Надар сидел на своем обычном месте. Перед ним на стеклянной подставке лежала простоволосая худощавая крыса, окруженная своими еще слепыми и мокрыми новорожденными детьми. Дети мигали дрожащими веками, тянулись к материнским соскам.

— Мне нужен адрес Теймураза, — с порога сказала Рейчел.

— А мне нужно увидеть твои глаза, — отозвался Надар с легким, едва заметным акцентом. — Я ха-ачу посмотреть в твои глаза, Роза.

— Зачем? — спросила она.

— Потому что, если у человека нет совести, его глаза это не спрячут, — сказал Надар и пинцетом отодвинул в сторону одного из крысят: — Полежи здесь, дай другим па-а-кущать.

— Она жива? — спросила Рейчел. — Мать?

— Верико Георгиевна? — уточнил Надар. — Да, Верико Георгиевна жива.

— А он?

— Из всэх из нас, — ответил Надар и пинцетом погладил мышь по голове, — умер только один человек. Да, я считаю, что это хуже, чем смэрть.

— Ты, — усмехнувшись, спросила она, — ты, наверное, меня имеешь в виду?

— Ты умная, Роза, — сказал Надар, — всэгда была умная. Но ты грязная. Темури знал, что ты грязная. Ты воровка, Роза.

— Дай мне его адрес, — сказала она

— Ты знаешь его адрес, — ответил он. — Тот же самый адрес, Роза.

— Ничего не понимаю, — прошептала она, — как же так? Здесь, в Москве? А как же квартира в Тбилиси? У Верико же там квартира. Они там прописаны...

— Сейчас всо па-а-аменялось, Роза, — пробормотал он, — они перебрались сюда. Иди, говори с ними. Может быть, Темури захочет простить тебя. Темури добрей, чем я, Роза. Но ты все-таки сними очки.

— Не могу, — сказала она и повернулась, чтобы уйти.

— Куда ты дела свое лицо? — крикнул он вслед. — Ты сейчас некрасивая на свою внешность. Страшная ты, Роза.

Сугроба нет, потому что лето. Зимой здесь всегда появляется черный от выхлопных газов сугроб.

Лифт, как всегда, не работал. Ну и прекрасно, так даже лучше, потому что ей никогда не нравились лифты. В Нью-Йорке с этим приходилось тяжело. Не идти же пешком на двадцать третий этаж, например. Она вообще боялась закрытого пространства. Олег Васильевич однажды сказал ей, что и к смерти она относится с таким ужасом потому, что представляет себе только одно: как ее заколотят в ящик.

— При чем здесь это? — закричала на него Рейчел (они уже ненавидели друг друга тогда, уже разводились!). — Если меня не будет?

— Ха! — ухватив себя за бородку, промычал Олег Васильевич. — Тебя не будет! Ты ведь не можешь представить, что тебя не будет! Потому что у тебя нет души! Только тело!

— Иди поучись на психиатра, — сказала она, — сколько можно возиться с чужими зубами?

Но он угадал, шелковая бородка, угадал. Что-то он все-таки понял в ней за четырнадцать лет жизни вместе.

Дошла наконец. Та же самая дверь. Обитая кожзаменителем. Она позвонила, долго не открывали. Потом послышались шаги Верико — сильные и уверенные, как всегда.

— Кто там? — гортанно спросила Верико.

— Вера Георгиевна, — сказала Рейчел, — откройте.

— Тему-у-ури! — испуганно крикнула Верико. — Сам па-айди па-а-асматри!

Рейчел опять нажала на кнопку звонка.

— Сэйчас, па-адаждите, — попросила Верико.

Что-то упало с тяжелым, слоистым звуком, и тут же Верико задохнулась памятным Рейчел кашлем много курящей, немолодой женщины. Она и двадцать лет назад так же кашляла. Рейчел изо всей силы застучала по мягкому кожзаменителю. Дверь, оказалось, не была заперта.

Верико в том же самом или очень похожем на то, в котором она когда-то приехала на их свадьбу, черном платье, статная и большая, заслоняла собою худого, как скелет, старика. Старик был до отвращения похож на Сашу, но не сегодняшнего, двадцатидвухлетнего, горбоносого юношу, а Сашу-младенца, того, которого ей принесли когда-то в роддоме с бирочкой на сморщенном кулачке. Она раскричалась тогда, потребовала, чтобы немедленно вызвали главного врача: на бирочке была неправильная фамилия — Георгадзе. А ведь Саша не имел никакого отношения к Теймуразу, и в Нью-Йорке у него был законный отец — Желвак Олег Васильевич.

Самое ужасное, что старик и гримасничал так же, как это делают младенцы во сне: он то растягивал губы в блаженную улыбку, то щурился, словно пытаясь что-то разглядеть, то бессмысленно хмурился. Иногда лицо его пропарывал тоскливый ужас. Верико неприязненно смотрела на Рейчел и, кажется, не узнавала ее.

— Пришла-а! — засмеялся старик и всплеснул руками.

Рейчел еле удержалась от крика. Теймураз, вот он.

— Ах, огня того уж нэт, пога-а-асла-а зарэво! — голосом Нани Брегвадзе запел старик. — Пой, звэни, ма-а-я гитара, разга-а-аваривай!

— Ти хочэшь с нэй га-аварить, Тэмури? — не отрывая глаз от Рейчел, спросила Верико.

Старик отрицательно замотал головой.

— Ва-йду я к мила-ай в тэрэм и бро-ошусь в ноги к нэй! Была бы только ночка, да ночка-а-а потэмнэ-э-й!

Голос его сорвался.

— Он болен? — утвердительно прошептала Рейчел, ужасаясь тому, что стоит здесь и не уходит. — Что с ним?

— Кто болэн? Никто нэ болэн, — надменно сказала Верико. — Давно вас ждем, па-аджи-даем.

Она отступила на шаг в сторону.

Ничего не изменилось. Даже коляска, как всегда, стояла рядом с торшером. Новорожденную мучил диатез. Красные сухие щеки были густо намазаны зеленкой.

— Внучка моя, — вздохнула Верико, стискивая на груди свои большие руки, словно оперная певица, приступившая к арии. — Экатэри-на. Осталась послэ матэри, такиэ грустные дэ-эла...

— После какой матери? — Рейчел поспешно

вытащила из сумки бумажную салфетку. К горлу подкатила тошнота.

— Тэмури! — басом сказала Верико. — Сма-атри на нэе! Она нэ знаэт, какой матэри! Она же была на паха-аранах, Тэмури! Ты помнишь, как а-ана ри-и-дала?

Старик перестал петь. Рейчел вытерла салфеткой соленые губы. Тошнота усилилась.

— Ай, нэ на-ада! — брезгливо сказала Верико. — Нэ на-ада нам тут ваших обма-а-раков! Вы что, прилэтэли за-абрать ребенка? Но у нее есть атэц! У нее есть бабулэнька! И па-атом: вы же нэ будэте учить ее на фа-а-ртепьано? А дла хорошэй дэвушки бэз фа-артепьяно нэльзя! Что люди скажут? Что дэвушка не знаэт даже ноты?

Спокойное и счастливое лицо молодого Теймураза проступило из высохших складок стариковского лица и заслонило его собой, как одно облако заслоняет другое.

— У вас размэнять нэ будэт? — спросил Теймураз, сверкнув зубами. — Нэт? Ну, так нэт. Нэ-э за-а-абуд потэмнэ-э-э накыдку, кружэва-а на гало-о-офку надэн!

Не переставая петь, он дотронулся до рта Рейчел своей очень горячей ладонью. Она захлебнулась слезами и начала быстро-быстро объяснять ему, что совсем не она виновата, а он, именно он, потому что он довел их до того, что нужно было обивать двери кожзаменителем, он угодил в тюрьму, а она осталась с Экой (вон лежит, видишь? В коляске), да еще беременная, и слава богу, что подвернулся этот козел, Желвак этот, Олег Васильевич, и, конечно, нужно было воспользоваться его бородатой любовью — а ты знаешь, каково это: спать, когда в рот тебе все время лезут лохмотья чужой бороды? — она воспользовалась и вывезла детей, и спасла их, а то Саша сейчас стоял бы на углу Невского, как этот мальчик, а Эка шлялась бы по гостиницам, и всякие мерзавцы с бритыми черепами задирали бы на ней юбки! Вот что! Вот что! Вот что! А-ах, да не трогай меня! Не можем же мы здесь, при твоей мегере! Мама? Какая она тебе мама! Мама, тоже мне! Не могла тебя даже выкупить! А-ах! Да не трогай меня! Подумаешь — Майкл! Майкл или Олег Васильевич — невелика разница! Сам же видишь — тошнит! От обоих тошнит! О-о-о-о, Боже мой! Тему-у-ури! Да убери же ты руки!

— Руки-то ей держите, руки! А головку поверните! Во-от так! Ну, йодом смажем сейчас, и готово! Роза Борисовна! Просыпайтесь, пожалуйста!

Рейчел разлепила то, что прежде было ее глазами. На горло навалился белый, как тесто, потолок. Слева скрипели руки незнакомой женщины в голубом халате. Она быстро водила по переносице Рейчел мокрым насекомым. Насекомое пахло чем-то знакомым, вроде кашля или, может быть, снега. Справа, в черноте, копошилась медсестра Катя, которая выдергивала из ее головы окровавленные искры. Искры слиплись внутри волос, и выдергивать их было нелегко.

— Где я? — простонала Рейчел.

— В Петербурге, Роза Борисовна! — ответила выглянувшая из черноты многоголовая и многоногая Катя. — Мы вам подтяжечку сделали! Ну, что? Вспомнили?

Рейчел попыталась приподняться, но оказалось, что она прилипла к холодной и скользкой клеенке. Нельзя, конечно, показывать им, как это страшно, а то они ее не отпустят. Олег Васильевич, конечно, приедет за ней и выпустит. Конечно, он приедет! Что тут ехать-то? Конечно, конечно!

Слово «конечно» было липким и чавкало, как торфяное болото.

Катя что-то подложила ей под голову.

— Све-е-тлана Леониднна! — крикнула Катя

и наступила легкой острой ногой в чавкающее «конечно». — Мы готовы! Можно в палату?

— Давление смерьте, — отозвалась Све-е-тлана Леониднна.

Рейчел услышала слово «смерть». Она поняла, что ее отдают смерти, что смерть давно уже охотилась за ней, и от этого все остальные окружающие ее люди испытывали давление. Теперь они сдались, давление снизилось, и рядом зачавкала смерть. У нее не было лица, потому что она, как Рейчел, хотела обмануть свои годы, и ей тоже сделали «подтяжечку».

— Не забудь, не забудь! — закричала Рейчел.

Она хотела сказать что-то совсем другое, хотела попросить Катю позвонить Верико и Темуру, у которых она только что была и которые остались с маленькой, запаршивевшей от диатеза Экой, хотела, чтобы Катя — со своей чудесной косой, такая светлолобая, — чтобы она попросила Верико простить ее за Темура, чтобы Темур простил Олега Васильевича за то, что Олег Васильевич украл у него Сашу, чтобы Саша простил ее за вспученную и жирную фамилию Желвак, чтобы смерть не смотрела с потолка так ужасно, потому что у нее нет даже глаз, даже глаз нет у нее, одни только веки с остатками слипшихся, накрашенных черной тушью ресниц! Тушь эту продавали, кстати, цыганки у метро «Арбатская», она была похожа на куски гуталина, и говорили в Москве — о, говорили московские люди! — что слепнут женщины от цыганской туши.

— Светлан Леонидна! — закричала Катя. — Вы посмотрите, что творится! У нее верхнее двести восемьдесят!

— А нижнее? — спросила Светлан Леонидна.

— Мамочки! А нижнее — сто сорок!

— Я говорила, что не нужно нам принимать этих, из Америк! На кой ляд они нам нужны! Вечно что-то! — вскрикнула Светлан Леонидна и бросилась к Рейчел. — Быстро, димедрол! Быстро! Двадцать миллиграмм! Быстро! Она нам тут сейчас устроит!

Катя с размаху всадила шприц в бледную, едва заметную вену погибающей иностранки. Светлан Леонидна на другой руке уже измеряла Рейчел давление. Давление не снижалось.

— Смерьте через пять минут! Не успевает же! — сказал подошедший молодой и брезгливый Евгений Иванович, ведущий хирург. — Смерьте на левой!

«Смерть», «смерть», «смерть», — слышала Рейчел, и вдруг чувство, которое она испытала когда-то, когда вертлявая, в большом китайском халате бабка, разозлившись, что Роза не хочет просыпаться и идти в школу, с размаху опрокинула на нее кастрюлю зимней водопроводной воды, и она ощутила, что — вместе с остановившимся дыханием — начинается освобождение, что она вырывается куда-то из вялой и несвежей темноты своей комнаты, что никакого другого воздуха, кроме того, которым она успела запастись перед ледяным ожогом, уже не будет, и так даже лучше, так веселее, потому что нет ни бабки, ни протухшей комнаты, ни школы — ничего! Она успела заметить тогда, что темнота, скопившаяся внутри ее самой, стала вдруг светом, и все то время, пока она пронзительно визжала на перепугавшуюся бабку: «дура!», света становилось все больше и больше. А потом он сразу погас, стало мокро, темно, безобразно, и Роза увидела раскрывшийся бабкин рот без зубов, которые та — по утреннему раннему часу — не успела вставить, и они равнодушно поблескивали в стакане на столике.

— Не забудь! Не забудь! — повторила она, мучаясь тем, что никак не может подобрать правильного слова и навеки позорит себя перед многоголовой, многорукой Катюшей.

— Снижается, — спокойно сказал Евгений Иванович и сжал ее запястье, считая пульс. —

Что вдруг такая реакция? Казалось бы, наливной бабец, одни жилы да мускулы, не понимаю!

Рейчел вдруг смертельно захотелось спать.

— Везите ее в палату! К вечеру будет как стеклышко! — распорядился Евгений Иванович и враскачку пошел из операционной. — Я в маленькой, глаза делаю Абдуллаевой, позовете тогда, если что.

Светлолобая Катя быстро покатила пациентку в палату, и Рейчел, почти провалившаяся в сон, успела ужаснуться тому, что сейчас все это и начнется сначала: Московский вокзал, Верико, цыганка с надувным ребенком, мальчик со скрипкой, простоволосая крыса, уставшая после родов, старик с лицом Теймураза, отечная проводница, опять крыса.

СУСАННА И СТАРЦЫ

В сущности, это утро ничем не отличалось от всех остальных. Может быть, оно было немного прохладнее, чем обычно, но приехавшие отдыхать люди, не обращая внимания на легкий, как паутина, прерывистый дождь, энергично приступили к своему курортному расписанию: кто-то тяжелой посапывающей рысцой бежал по дорожке, кто-то бойко катил на велосипеде, свесив по обе стороны седла излишки с трудом втиснутой в эластичные трусы плоти, а два говорливых пенсионера, не прекращая начатого вчера разговора, медленно входили в океан, задиристо хлопая себя руками по усыпанным желтовато-горчичными пятнами лопаткам.

В большом, старой постройки доме, ступени которого спускались к воде, пышная, как слоеный торт, белокурая полька, прожившая в Америке не меньше тридцати лет, но до сих пор говорящая с сильным и твердым польским акцентом, устроила пансионат для стариков из России и Восточной Европы: комнаты сдавала недорого, кормила вкусно, постельное белье меняла часто, все у нее было вычищенным, все хрустело и блистало, потому что полька любила исключительно белый цвет: подушки, покрывала, абажуры на настольных лампах, коврики, полотенца. По-русски она говорила неохотно, но в июле появилась в пансионате русская горничная Сусанна — худая, длинноногая, с рыжими волосами, размашисто и ярко накрашенная. Красота ее была какой-то беспокойной, вспыхивающей, потому что, когда Сусанна входила в комнату, неся тяжелый поднос с посудой или толкая перед собой неуклюжий пылесос, воздух, и без того яркий от океанского солнца, вдруг словно бы загорался там, где появлялось ее лицо с напряженно сжатыми губами и бирюзовым взглядом. Старикам Сусанна очень нравилась, они шутили с ней и все норовили невзначай дотронуться до ее локтя или талии. Жены их, сгорбленные старухи, сначала злились и даже одергивали своих дряхлых весельчаков, но в конце концов притерпелись и стали относиться к синеглазой неулыбчивой горничной философски: что ж, и мы были не хуже, вот, пожалуйста, это вот я на карточке, вот, слева, пожалуйста, сорок второй год...

Утром, о котором идет речь, Сусанна на завтраке не появилась, и кофе разливала сама хозяйка, хмурая от того, что ей пришлось так рано подняться. На вопрос, где же «наша Сусанночка», хозяйка ответила уклончиво, махнув легкой и вздутой, как пышка, рукой в сторону двери.

— Молоденькая, пусть погуляет, — лицемерно накрашенными, искривленными ртами зашептались старухи. — Не все же с нами, со старьем, сидеть, пусть погуляет!

Итак, приближался полдень, дождя уже не было, птицы пели в небе, светились своими призрачными парусами яхты на горизонте, и сладко пахло шиповником, розовым и темно-красным, кусты которого бросали на песок пестрые вздрагивающие тени. В половине десятого из глубины спокойного белого дома на берег, на кроткие затылки отдыхающих, обрушился то ли женский, то ли, может быть, детский — настолько он был жалок и беспомощен — крик. Старики испуганно переглянулись, и один из них, питерский невропатолог в прошлом, а сейчас просто восьмидесятилетний, почти ослепший человек, сказал:

— Сусанна! Наша Сусанночка.

— Да что такое? Что могло случиться? И зачем же так кричать? — всполошились бестолковые старики, покрываясь гусиной кожей и втягивая головы в узкие плечи. — Может быть, обожглась чем-то? Знаете, несла горячее...

Питерский невропатолог суетливо побежал вверх по ступеням, а жена его — высокая и сутулая, с растрепавшимся, пегим, как крылышко куропатки, узелком волос — побежала за ним, смешно подскакивая и приговаривая:

— Я-а-аша-а! Ну куда, Господи, ну что, Господи! Ну, больше всех нужно...

Невропатолог распахнул дверь и тут же увидел Сусанну, сидящую на корточках посреди веранды, где по вечерам отдыхающие пили чай с кексом и вишневым вареньем. Это она, конечно, только что кричала и, судя по всему, должна была закричать еще, потому что вся ее поза — согнутая спина, вжавшаяся в колени голова, трясущиеся плечи, — все говорило о том, что сейчас она просто переводит дыхание, накапливает силы для нового крика в той мерцающей темноте, которую ее маленькое, зажмурившееся тело отвоевало себе внутри разлитого по всему миру света.

Старик почти уже подбежал было к ней, но его опередила хозяйка, вынырнувшая из густой синевы маленькой, смежной с верандой комнаты. Она ловко подхватила Сусанну за локти и, как пушинку, бросила ее на плетеный диван.

— Купаться, купаться! — закричала хозяйка, оборачиваясь к невропатологу и его растрепанной жене, — не можно сюда! Я буду тут помогать!

Испуганный старик покорно отступил назад, и жена тут же уволокла его обратно, вниз по лестнице, на берег океана, где другие старики окружили их с вопросами. Услышав, что это и вправду кричала молодая и прекрасная собой девушка, они растерялись, начали высказывать наивные предположения и, всплескивая руками, обращаться к Богу, ожидая от Него немедленного ответа.

В это же самое время пышная, неторопливая хозяйка, раздув ноздри, изо всех сил ударила Сусанну по щеке.

— You never do it again! — просвистела она сквозь свои широкие и гладкие, как океанские камешки, зубы. — You are not supposed to bother him! You do what you want with your bastard but you are fired![1]

---

[1] Чтоб больше этого не было!.. Ты не смеешь его беспокоить! Делай, что хочешь, со своим выблядком, а здесь ты больше не служишь! *(англ.)*

Сусанна изо всех сил вцепилась в плетеные прутья дивана, высоко подняв левое плечо и словно заслоняясь им.

— Now! — выдохнула хозяйка. — You go back to Russia! Do you hear me?[1]

Горничная ожесточенно замотала головой:

— У меня на билет не хватает!

— Hookers know how to get money![2] — вздымая разгневанную грудь, громко сказала хозяйка и поплыла к двери: — Leave right away![3] Чтобы духу твоего не было! Немедленно! Отправляйся обратно в Россию! Ты слышишь меня!

Утро было испорчено, хотя песок наконец прогрелся и желтое, веселое солнце принялось поджаривать обитателей пансионата, заботливо смазавших друг друга душистыми кремами, от которых любая потрепанная временем кожа блистает, как новая.

Никому из стариков почему-то не хотелось больше валяться на пляже, и они, вспомнив о смерти и недалекой осени, начали, хрипловато ворча, обматываться полотенцами, чтобы снять с себя мокрые плавки и надеть сухое. Огорчен-

---

[1] Возвращайся в Россию! Сейчас же! Ты меня слышишь? *(англ.)*

[2] Бляди знают, как достать денег *(англ.)*.

[3] Убирайся немедленно! *(англ.)*

ные их жены поплелись в раздевалку и там, без стыда раскрывши друг перед другом тела, непослушными руками вставили в лифчики желтоватые от времени груди и пригладили перед усеянным черными крапинками, мутным зеркалом вставшие торчком от купания старые локоны.

Хозяйка, уже улыбающаяся и напудренная так густо и розово, что почерневшие корни волос на висках тоже стали розовыми, встретила их на веранде, где вспыхивали на стенах солнечные зайчики и остро пахло мясом из кухни, в глубине которой ожесточенно колдовал над булькающими кастрюлями и шипящими сковородами повар, немолодой поляк, молчаливый, с начесанным чубом черных волос, бывший когда-то, судя по всему, вовсе не поваром, а, может быть, оперным певцом или даже художником.

— Я извиняюсь, — нерешительно пробормотал невропатолог и поморгал своими слабыми глазами, — но тут только что Сусанночка... Можем ли мы чем-то...

— No way! — блеснув на него улыбкой, отрезала хозяйка. — She was crying, because her baby is sick in Kiev. She should go back and stay there[1].

---

[1] Ни в коем случае!.. Она плакала, потому что у нее ребенок болеет в Киеве, ей придется уехать обратно и там остаться! *(англ.)*

Невропатолог не все понял из ее слов, но то, что у плачущей синеглазой Сусанны есть в Киеве ребенок, он разобрал и тут же передал это своей жене, а она, в ужасе прижав к щекам продолговатые ладони, сообщила новость всем остальным. Маленькое седоголовое общество загудело, как улей, который мимоходом потревожили палкой.

— Вот непонятно, кто жс всс-таки отец и почему она вынуждена была приехать сюда на заработки... или она хотела здесь остаться, а потом перетащить ребенка... Но, конечно, раз ребенок нездоров, конечно, раз она мать, она должна волноваться, вот и я, помню, когда мой болел, я тоже... Вы, Николас, должны поговорить с хозяйкой, кроме вас, некому...

У Николаса — крошечного человека со скошенным животом — английский был не только хорошим, но просто даже родным языком, а русский, напротив, — языком выученным, потому что, когда его, двенадцатилетнего, обезумевшие от пропаганды американские родители привезли в Россию, Николас не знал ни одного русского слова. Проварившись шестьдесят с лишним лет в кипящем котле великой державы, он, разумеется, язык этой державы выучил, но теперь, вернувшись обратно в Америку, старался пользоваться им как можно меньше, чтобы хоть перед смертью снова стать стопроцентным американцем.

В пансионат с русскими пенсионерами Николас, однако, поехал и русский телевизор смотрел вечерами с большим удовольствием.

— My fair lady, — дрыгнув маленькой загорелой ногой, галантно начал Николас, приблизившись к хозяйке и осторожно пригладив мизинцем скользкие от морской воды усики. — We all are like one family here... What's going on with the girl? We never thought that she has a baby...[1]

Хозяйка смерила Николаса русалочьим глазом и ответила по-русски медленным и сладким, как вишневое варенье, голосом:

— Пан Никовай, Сузя быва проститьютка у Киев. Она имеет детку, и детка больной. Больной детка, пан Никовай. Мы пвачем.

И смахнула слезы с ресниц.

— Вы слышали? — воскликнул Николас, обращаясь к столпившимся старикам. — У Сусанны больной ребенок, потому что — это ведь Киев, это же Чернобыль! Мне рассказывал друг, он был как раз в Киеве, его уже нет — Царствие Не-

---

[1] Моя дорогая!.. Мы все здесь как одна большая семья... Что же происходит с этой девушкой? Мы никогда и не думали, что у нее есть ребенок... *(англ.)*

бесное! — он мне говорил, сколько уродов там нарождается!

— А вы слышали, что она проститутка? — перебила его одна из старух, низколобая, с заросшим волосинками мясистым подбородком. — Прос-ти-тут-ка!

— Lunch! Lunch![1] — весело провозгласила хозяйка и, взмахнув острым сверкнувшим ножом, наклонилась над пышным батоном хлеба своим пышным надушенным телом. — Пан Генрих! Where are the vegetables?[2]

Молчаливый, с опущенными глазами повар появился из кухни, на секунду приоткрыв дверь в ее облачное пространство, пересек пронизанную солнцем комнату и в самом центре стола поставил глубокое белое блюдо с вареными овощами.

Защебетав и заулыбавшись, радостные, как птицы, старики потянулись со своими тарелками, и густое дыхание разомлевшей моркови соединилось с их нетерпеливым, коротким дыханием. Один только бывший невропатолог, убедившись в том, что жена его занята разговором с соседкой, незаметно скользнул за дверь. На втором этаже дома были спальни.

---

[1] Обед! Обед! *(англ.)*

[2] Где же овощи? *(англ.)*

Горничная ничком лежала на кровати и плакала. Вошедший увидел маленькую иконку, стоящую на тумбочке, надкусанную конфету и рядом с ней фотографию какого-то ребеночка с лысой головой.

Она почувствовала наконец постороннее присутствие и тут же вскочила. Лицо ее от долгого плача превратилось в бесформенный кусок чего-то темно-красного, словно бы мяса или арбуза.

— Ну, все будет хорошо, все пройдет, — переступая с ноги на ногу и морщась от жалости, сказал старик.

— Ох, нет! — Сусанна обдала его кипятком своих бирюзовых глаз и снова зажмурилась. — Ох, вы не знаете! У меня же доченька помирает!

Она попыталась произнести что-то еще, но вдруг, подавившись словами, заскулила, как скулят собаки — на одной тонкой, тоскливой, срывающейся ноте, словно кто-то проколол или прожег ей горло.

Невропатолог совсем потерялся: он хотел было налить воды, но никакого стакана поблизости не было, хотел погладить ее по голове, но она начала с силой раскачиваться из стороны в сторону, не обращая внимания на то, что рядом с ней находится чужой человек. Тогда он осторожно опустился на стул у кровати и стал ждать, пока она успокоится.

— Доченька, — выдохнула она наконец, захлебываясь слезами. — Четыре годика. Без мужа родила. У нас там, в Киеве, с работой очень плохо, а мне повезло: устроилась в гостиницу. Хорошую, одни иностранцы, меня по блату взяли. Английские курсы кончила. Ну, и он в этой гостинице стоял. Из Америки. Бизнесмен. У него по бизнесу дела там были. Сам поляк. — Сусанна прижала к груди мокрые от слез руки. — Я не за бабки! Я по любви! Сказал, не женат. И родных только сестра-близняшка, держит гостиницу, а вообще она ему партнерша по бизнесу. Я, конечно, залетела. Он говорит: «Рожай». Вот! — Она схватила фотографию с тумбочки и сунула ее к самому носу старика. — Опухоль нашли в голове. Начали химию. Волосики выпали все, видите?

Старик наконец разглядел, что на фотографии была девочка с лукавым личиком и продолговатыми глазами. Губы сжаты, как у матери.

— Она болеет, я разрываюсь. Из больницы на работу, с работы в больницу! А она у меня — не вру ни минуты! — таких не бывает! Капельницу ей ставят, так она медсестру подбадривает: «Тетя, ты не бойся, я тоже тебя не боюсь!»

Горничная опять затряслась.

— А что же... — пробормотал невропатолог, — отец-то что?

— Ничего! — вскрикнула она. — Пару раз позвонил, и все! Зимой новая опухоль, опять лечили. А весной мне мать говорит: «Езжай к нему. Проси, чтобы в ихней больнице посмотрели. Хоть консультацию, хоть что». А он ведь и не звонит! Я говорю: «Ну как? Стыдно!» Мать говорит: «Его же ребенок!» А я знала, что у сестры, у близняшки этой, гостиница здесь, он мне давно еще телефон дал, еще когда у нас все хорошо было. Я думаю, спрошу, нет ли работы на лето. И такую цену назвала, что курам на смех. Лишь бы позвали. Мне от моей доченьки оторваться было — знаете как? Солнышка моя родненькая!

Невропатолог сглотнул образовавшийся в горле ком и ладонью, сухой и коричневый край которой свисал, как подкладка из рукава, дотронулся до краешка фотографии.

— Я его разыскала, отсюда уже. Звоню. Он говорит: «Консультация — это целое дело». Я говорю: «Мы заплатим! Мы с себя все снимем, до нитки!» — «Это, — говорит, — десятки тысяч». Я не поверила, опять позвонила, он мне то же самое: «Ничего, — говорит, — не могу». Меня всю аж перевернуло. Что ж ты за урод за такой! Твой же ребенок мучается! Ну, я решила: буду требовать, проходу ему не дам! А он сестре нажаловался, что я хулиганю по телефону, достаю его. Она ворвалась ко мне вечером. «Попробуй, — говорит, — только! Увидишь, что будет!» А ночью, сегодня, мне самой мать позвонила. Плохо, говорит.

Глаза ее широко раскрылись и, полные ужаса, остановились, словно ослепли.

— Мне уже ничего не нужно, только бы домой добраться! Пусть они деньгами своими сраными подавятся, я у них сейчас сама ни копейки не возьму! Мне домой нужно, и все! Лягу с ней рядом. А тут с билетами знаете что творится! Стала утром в агентство дозваниваться — от полутора, говорят, тысяч, если через две недели, а если срочно нужно, тогда три! Откуда ж у меня такие деньги? А ждать две недели? Кто знает, что с ней через две недели-то будет?

Невропатолог подумал, что по сравнению с тем горем, которое она переживает, и тем, которое ей, скорее всего, еще предстоит пережить, деньги на билет — это такая чепуха...

— Мы сейчас, — забормотал он, — я уверен... шесть семей... Если мы сложимся, я уверен...

— У меня одна тыща-то есть, — торопливо

вскочила она, — вот, я покажу... — И полезла куда-то в сумку, в старенький, красный, из блестящего кожзаменителя кошелек.

— Да что вы, что вы! — Он замахал руками. — Я сейчас пойду, расскажу им все...

— Ну, все-то, может, не надо? — всхлипнув, спросила она и исподлобья посмотрела на него. — Скажут, что я ей нагадить хочу, нехорошо...

Старики уже отобедали и мирно допивали чай со сладкими ватрушками. На всех лицах было одинаковое сосредоточенное выражение, которое бывает у новорожденных, торопливо сосущих резиновую пустышку. Они даже не разговаривали между собой, чтобы не отвлекаться от того, в чем заключался сейчас весь смысл их ненавязчивой жизни, — от этих вот чудесно пропеченных, с коричневой корочкой ватрушек и нежно загустевшего вишневого варенья, которое они, наивно высунув языки, слизывали с пластмассовых тарелок.

— Я кое-что тут выяснил, — волнуясь и поэтому деревянно и неловко, начал невропатолог, — о Сусанночке... Большая беда...

И он так же деревянно и неловко рассказал, что у горничной больная дочка, ей стало хуже, и нужно срочно лететь в Киев, а отец девочки, живущий в Штатах, отказался в чем бы то ни было участвовать. По мере того как он говорил, лица у старух жадно и заинтересованно удлинялись, а их мужья, снова почувствовав себя мужчинами, ибо речь шла о любви и интимной близости, осуждающе закрутили головами, забормотав что-то вроде: «Ах ты, подлец, ах ты, сучара, попался бы ты мне под Сталинградом...»

Наконец невропатолог дошел до истории с билетом, и бормотание стихло. Старики опустили глаза, словно предоставляя женам высказать свое мнение, и нахмурились. Старухи переглянулись.

— Речь идет о небольшой сумме, — оробев, пробормотал невропатолог. — Мы с Анной Владимировной можем дать, я надеюсь, долларов пятьсот, да, Аннушка?

Он перевел было глаза на жену, но она отвернулась, а та часть лица и шеи, которые он увидел, ярко покраснели.

— Аня? — вопросительно повторил он.

— Да помолчи! — с досадой пробормотала жена и, не оборачиваясь, махнула рукой. — Вечно ты лезешь сам не знаешь во что!

— О-хо-хо-хо-хо! Если бы все, как вы говорите... — тяжело вздыхая, прохрипел один из стариков и с трудом приподнял над стулом огромное отечное туловище. — А тут... Сочинить, конечно, можно всяко... Не запретишь...

— Вот они какие хитрые, проститутки-то, — мстительно изрекла женщина с волосатым подбородком. — Вот на таких-то и попадаются! У них всегда то дети больные, то матери-инвалиды, то братья-калеки...

— Мастерицы, мастерицы! — с неожиданным английским акцентом подхватил Николас и визгливо засмеялся. — Вы, пожалуйста, нам предоставьте доказательства! А просто так довериться продажной женщине... — Он скорчил легкую гримаску отвращения. — Если женщина, так сказать, продает свою любовь за презренный металл...

— Подождите! — забормотал невропатолог. — Никто не говорит о больших деньгах! Нас здесь шесть семей, значит, если каждая даст хотя бы по двести долларов...

— Да у меня отродясь больше двадцатки не было! — рассердилась похожая на Людмилу Гурченко и даже на пляже всегда накрашенная старуха, которая только что овдовела и теперь отдыхала в пансионате с глуховатым и безропотным бойфрендом. — Это, конечно, если кому дети помогают, тогда можно тыщами швыряться, а мой сын третий год без работы! Чулок себе купить не позволяю, все для него экономлю!

Безропотный бойфренд хотел было что-то возразить, но почесал кадык и передумал.

Невропатолог вдруг ощутил, что наступил вечер, хотя часы в смежной с верандой комнате только что пробили два. Он испуганно посмотрел сквозь стеклянную дверь на улицу, и прямо в лицо ему бросился черный, разбухший, грохочущий океан. Он успел еще удивиться, потому что океан ведь находился далеко внизу, но тут же поверх черной воды торопливо и радостно набежала другая, розовая и жирная, как кровь, которая почему-то вызвала в нем отвращение. Невропатолог хотел было встать, чтобы уйти к себе в комнату, но ноги не послушались его, подкосились, и тогда, чтобы удержаться, он схватился за край скатерти и потянул ее к себе вместе с лиловато блестевшими от варенья тарелками.

Через пятнадцать минут машина «Скорой помощи» с диким ревом устремилась по направлению к больнице. Плосколицый, с мягкими глазами санитар буркнул хозяйке что-то невнятное.

Присмиревшие от близости страдания старики сбились в кучу на ступеньках веранды. Они были похожи на лохматых и испуганных птиц, которые знают, что охотник, только что подстреливший одну из них, никуда не ушел, а спрятался за деревом и высматривает следующую.

— Я бы все-таки этой курве шею намылила, — вдруг с бессмысленной злостью заговорила одна из старух. — Нажиться на нас хотела, хохлушка бессовестная! И ведь небось думает, что мы ни о чем и не догадались!

— Да-а-а, — пробормотал Николас, — не стоит, конечно, о национальностях, но девушка, так сказать, не робкого десятка... Стоит все-таки высказать наше, так сказать, мнение о ее поступке...

— Сейчас вот пойти и прямо в морду плюнуть! Вот так вот войти и вот так вот прямо и плюнуть! — закатила глаза та же старуха и изо всех сил сплюнула на ступеньку. — Чтобы знала!

— Ну и пойдем! — голосом Людмилы Гурченко решила накрашенная вдова. — Все пойдем!

Из мужчин, кроме Николаса, поднялись еще двое, но женщины, за исключением тихой, с лицом состарившегося мальчика Розы Ивановны, вдруг словно родились заново: зрачки их по-голодному заблестели, а руки задвигались, как у марионеток. Гурченко вышагивала впереди новой, пружинистой походкой, по которой ее издалека можно было бы даже принять за совсем молодую, устремившуюся к своей первой, неразгаданной любви девушку.

Сусанна отворила дверь раньше, чем они постучали.

— Стерва! — сказала Гурченко. — Хулиганка заезжая!

Горничная широко открыла глаза.

— Некрасиво! — визгливо заметил Николас, в то время как маленькие влажные глазки его быстро перепачкали шею Сусанны. — Располагая, так сказать, высокооплачиваемой профессией, вымогать у малоимущих пенсионеров...

— Я не... — прошептала горничная, видимо, еще не до конца понимая. — Что вымогать?

— Ребенок у нее! — кривляясь и дергая головой, захохотала Гурченко. — Ах, ах, ах! Видали мы таких матерей!

Того, что произошло через секунду, никто не ожидал. Сусанна подняла правую руку, и дикой силы удар обрушился на веселую вдову. Из ноздрей у Гурченко щедро хлынула кровь и залила ее нарядно декольтированную белую кофточку. Делегация слегка было попятилась, но когда окровавленная Гурченко, взвизгнув «ну, погоди!», бросилась с кулаками на горничную, ее тут же поддержала волосатая старуха, потом Николас и, наконец, все остальные. Суетясь, подталкивая друг друга и друг другу мешая, они сначала неловкими, но яростными ударами загнали Сусанну обратно в комнату, а потом, заперев за собою дверь и превратившись в многоглавое и многорукое чудовище, принялись избивать ее так, словно это было их последним поступком на земле.

Елена Солодарь и Солодарь Алевтина, жены родных братьев, всю жизнь ненавидевшие друг друга и только теперь, совсем недавно, с большим пафосом помирившиеся, вцепились ей в волосы и сладострастно тянули их — каждая в свою сторону. Николас, по росту еле достающий до плеча преступницы, норовил ухватиться за ее левую грудь обеими руками, потому что по правой уже молотила помолодевшая и похорошевшая, с засохшей кровью на бровях и на подбородке Гурченко. Остальные вели себя совершенно как дети: плевали, щипали, привставали на цыпочки, чтобы ловчее ударить, а одна из женщин даже расплакалась в конце концов от энтузиазма и возбуждения.

В это же самое время плосколицый санитар с мягкими глазами и другой санитар, его напарник, с глазами, спрятанными за толстыми стеклами очков, принимали смерть, пришедшую за бывшим невропатологом. Настороженность, с которой они следили за дыханием старика, становящимся все реже и реже, так, что казалось, будто каждая судорожная затяжка земным воздухом непременно окажется последней, напоминала, как ни странно, ту настороженность, с которой доктор или акушерка следят за последними толчками, знаменующими собою высвобождение младенца из материнской утробы.

Ни плосколицему с мягкими глазами, ни его напарнику не было ни грустно, ни страшно: они ведь ничего не знали о своем пациенте, кроме того, что должны были знать с медицинской точки зрения, и, разумеется, ни одному из них не пришло в голову, что этот уже наполовину погрузившийся в невидимые сверкающие воды человек только что угадал такое, после чего оставаться внутри этой машины уже не имело для него никакого смысла.

РЕКА СМЕРТИ, ИЛИ НЕДЕЛЯ ИЗ ЖИЗНИ ДОРЕС

Стив, я разве мешаю тебе? Зайчик мой! А я скоро уйду. Будет свадьба как свадьба. Ты верь мне.

Вот сегодня, к примеру, был наш с тобой день. Наша свадьба с тобой. Все как прежде. Что сегодня? Январь? Или — как его? Май? Ну, когда все цветет? Ах, неважно.

...Наша свадьба была, Стив, точь-в-точь как тогда. Ты, наверное, думаешь: как же? Дед ведь умер! И Сэлли, и Боб, и Николь.

Стив, родной мой. Да что это: умер? **Это** — если прийти к нему в дом — деда нет. Я согласна. Но только — зачем так? Что сейчас-то **идти**? Ты иди, но — тогда. **Там** и дед, там и Боб, там и Сэлли. Стив, родной мой, ведь времени нет!

Кто-то прожил лет двадцать, к примеру. Утром встал и пошел. И его замело. Снег какой! А он жил и не видел. Где дорога-то, Стив?

Зайчик! Времени нет. А ты знаешь, что — есть?

То, что было.

То, что было и будет. **Ничто** не ушло.

Все хранится, как масло в бутылках.

...Наша свадьба началась с того, что я долго мучилась с прической. Пошла в парикмахерскую. Провела в ней четыре часа. Что мне там накрутили! Ужасно! Побежала под душ, заперлась и реву. Анаис мне кричит: «Опоздаем!»

Я заплела косу и спрятала ее под фатой. Ну и ладно. И было неплохо. Помнишь: сели за стол и старуха пришла? Со стеклянным бутоном на шее? Объявилась старуха в дверях и стоит. Нам сказали: Еленина бабка. Ах, кого только не было! Стивен!

Помнишь свадебный торт? Наклонись! Да не смейся же, Стив! Стив, ты что? Ты что? Пьян? Ты напился на собственной свадьбе! Перестань целоваться, пусти! Весь в помаде! С ума ты... Слышишь, Стив... Ну, пусти!

Как мы пляшем! Орлисса (с которой ты спал!) пляшет с Мэфью. А Сэлли с Антоном. Жаль мне Сэлли. Она ведь потом умерла. И Мария нашла ее мертвой.

* * *

...Если ты убьешь меня, я вернусь сюда, в эту комнату, и тебе придется еще раз убить меня. И еще, и еще. Вот ведь ужас-то, правда?

Ты один внутри черного. Зайчик!

* * *

Пришли мама с отцом.

Говорят: «Ах, она приоткрыла глаза!»

Все неправда.

...Когда они открыты, я вижу птенца. А когда закрыты, внутри меня снег и какие-то крики. Птенец — это, кажется, дерево. А снег — это то, что мешает смотреть. Крики тоже ужасно мешают.

Не смогла их открыть. А потом ты вошел.

Стив, мой зайчик!

Кого ты привел? Скользкий кто-то, холодный, безглазый, весь сгнил. Он что, мертвый? Ну, что ему нужно?

* * *

Брат сделал все для своей жены Дорес. Сегодня ровно двенадцать лет, как сердце ее остановилось. Через несколько минут, когда врачи что-то там сделали, сердце-то пошло, а мозг перестал работать. От отсутствия доступа кислорода. Он уже не мог восстановиться. И она перешла в вегетативную стадию. Брат долго не хотел в это поверить. Я знаю, я с ним тогда был. Мы с ним вместе сидели в клинике, и к нам вышли врачи и сказали, что она в принципе выживет, но — какая это жизнь? А брат сказал, что он собирается бороться. И он боролся, сколько мог.

Вы спросите у медсестер! Он каждый день приходил к ней в хоспис. Он добился, чтобы у нее было все, что возможно. Даже отдельная комната. Потому что сначала ее положили с женщиной, которая... ну, в общем... Ну, ничего не соображала и, в общем, не контролировала себя в смысле гигиены. А Дорес — хотя она тоже ничего не соображает — она лежит чистенькая, ее и подмывают, и протирают, и все. Вы думаете, ему легко на это смотреть? Вегетативное состояние! Ее уже нет! Ее уже двенадцать лет как не существует! И с каждым днем она все хуже и хуже! Раньше хоть глаза открывала! Хоть мычала что-то! А сейчас? Пусть придут журналисты, пожалуйста! Сами убедятся! Брат хочет одного: чтобы прекратились ее страдания. Потому что — если бы она видела себя — да она бы первая сказала: я этого не хочу, отключайте.

* * *

Стив, ну вот, ты со мной. Я смотрю на тебя. Зайчик мой, ты сегодня не брился. Я вчера — ты ушел, — я пошла за тобой. Я могу, ведь меня здесь не держат. Я пошла прямо в дом, Стив, и видела все. Этот сын твой — какой он хороший.

...Пока я здесь, ты не можешь на ней жениться. Хотя вы все равно что женаты! Стив, ты же получил деньги от страховки. Ты же доказал, что это по вине врачей у меня остановилось сердце. Ведь ты им доказал! Сколько дали? Четыреста тысяч? Ого-го! Стив мой, ты молодец.

Как ты плакал, когда я уснула! Конечно, они напугали тебя. Они сказали: «Больше мы ничего не можем сделать».

Ты потрогал мою ногу и весь затрясся.

Стив! Ты боялся, что я проснусь и брошу тебя? А я вот не бросила.

Они дали мне кусок бритвы. Она была какая-то грязная, вся в крови.

И сказали: «Глотай! Ну, глотай же!»

А я, зайчик, подумала: «Чья это кровь?»

Проглотила, конечно. Раз просят.

...Вот она, эта бритва. Пощупай.

* * *

Ты совсем перестал приходить ночевать. Анаис говорит, что, если я не похудею, ты и вовсе сбежишь. Ох уж мне Анаис! Как будто она не знает, отчего я вдруг так растолстела! Ведь они мне сказали: не делать аборта! Стив, а ты мне сказал: «Делать. Делать».

Как меня разнесло! Ужас, да? Ты шутил: «Не могу спать с коровой». Ах, шутки.

...Я начала принимать эти желтые таблетки. И сразу же похудела на шесть килограммов — за день. И на шесть — за второй. А потом мне захотелось пить, и я выдула целый чайник. А потом — еще шесть. Но я не могла спать, потому что ты перестал приходить ночевать. Через неделю я купила еще одну упаковку и начала принимать двойные дозы, и все время пила очень много воды. Как хотелось мне пить!

Отец позвонил, что ты в баре и ты не один. Я подъехала к бару и увидела тебя сквозь стекло. Ты обхватил ее одной рукой, а другую просунул ей в вырез.

Что я сделала, муж? Что я сделала, Стив? Я разбила стекло. Ха-ха-ха! Я увидела, как... Все вскочили, да, Стив? А потом...Что потом? Стивен, Стивен.

* * *

Моя жена Дорес Шумни двенадцать лет находится в коме. Я считаю утверждения ее родителей — Мери Гленн и Саймона Гленн — глубоко бессмысленными и провокационными. Они уверяют, что моя жена, двенадцать лет находящаяся в коме, продолжает узнавать тех, кто навещает ее, и пытается разговаривать. Врачи очень внимательно обследовали состояние моей жены, и они пришли к выводу, что там ничего, кроме мышечных сокращений, не происходит. А они не зависят от сознания. Сокращения эти — сами по себе. Мозг моей жены Дорес Шумни поражен на девяносто девять и девять десятых процента, и хотя ее родители продолжают повторять, что ее умственное развитие все равно что у трехлетнего ребенка, медицинские факты это не подтверждают.

* * *

Бритва — вон, в рукаве! Уведи их быстрей. Для чего вы пришли? Что вам нужно?

Стив, как много народу! Я помню одну. Высокую, в голубом колпаке. Я видела, как она выдергивала волосы у себя из подбородка.

* * *

Зайчик, ты не волнуйся! Мама обижала меня, когда я была малышкой. Потому что она хотела уйти от отца, а из-за меня не могла. Я много болела, и она осталась дома. Потом попривыкла. Она меня ни за что не убьет.

Ведь если бы она хотела этого — ей разве мешают?

А как ты их выталкивал, Стив!

Как кричал!

Ты меня защищал. Понимаю.

Маму все же мне жалко. Ей не повезло. Ни секунды отца не любила!

* * *

Попытки президента Соединенных Штатов и губернатора штата Огайо удовлетворить просьбу родителей Дорес Шумни, которые обратились в Верховный суд Соединенных Штатов с тем, чтобы добиться постановления, запрещающего Стивену Шумни прервать искусственное питание его жены, поддерживающее ее жизнь в течение двенадцати лет, не увенчались успехом. Верховный суд соединенных Штатов не посчитал себя вправе вмешиваться в частные дела граждан, и многолетнее разбирательство, имеющее место между родителями Дорес Шумни Саймоном и Мери Гленн и ее мужем Стивеном Шумни по поводу того, имеет ли Стивен Шумни юридическое право перестать искусственно поддерживать жизнь своей находящейся в коме жены, завершилось в пользу Стивена Шумни. Утром двенадцатого апреля Дорес Шумни была отключена от системы питания. Ее родителей Саймона и Мери Гленн в этот момент в здании хосписа не было.

* * *

День первый, 12 апреля

Пить, пить, пить. Вижу Стивена. У Стивена дети. Они любят меня, потому что я люблю Стивена. Он любит детей. Дети любят меня оттого, что я люблю Стивена. Он любит их оттого, что они его дети. Он любит меня и оттого не дает мне воды. Вдруг я заболею. Дети любят меня. Стивен не верит, что меня можно напоить. Я люблю Стивена. Он прогнал маму и Энн. Дети любят меня. Слава богу! У Стивена дети!

* * *

В первый же день у здания хосписа Святой Елизаветы (штат Огайо, Мелвилл) собралось больше ста человек, требующих, чтобы Дорес Шумни была вновь подключена к аппарату искусственного питания.

* * *

Что, скандал? Ну, был, конечно. Скандал был. Да. Но не по вине моего жениха. Что это вы удивляетесь, что я называю Стива Шумни своим женихом? А кто же он мне? Мы вместе уже восемь лет. У нас двое детей. Мальчику — два года, девочке — семь месяцев.

Стив мне рассказал, что там было, в хосписе. Он получил наконец добро, чтобы ее отключить. Я так считаю, что это нужно было сделать сразу, не мучить ее, бедную, двенадцать лет. Конечно, я ее видела. Не сейчас, а года три назад. Потом я уже не ходила туда. Я была беременной и кормила. Беременной женщине не нужно смотреть на это. Это просто труп, и все. Не живой человек. А именно труп. Мертвая. Я не знаю, на что мой Стив надеялся. Как вы догадываетесь, я его к ней не ревновала. Мне просто ее саму было жалко. Дорес. Ведь если бы она видела себя! Она бы этих врачей и всех этих доброхотов своими бы руками убила, я точно знаю. Издевательство какое-то над человеком! А к скандалу Стив не имеет никакого отношения. Это все начала ее мать. Она вообще, насколько я знаю, истеричка. Он вошел с другими людьми, с врачами и сестрами. Чтобы отсоединить ее от аппарата. А мать с отцом были там. И сестра двоюродная с ними. И мать набросилась на него с кулаками. Стив мне сказал, что у нее изо рта аж пена шла. Она тоже ненормальная, так мне кажется.

* * *

День второй, 13 апреля

Пить, пить. Пить. Вся в песке. Он ушел. Кто? Неважно. Ушел.

Только Стивен — вот он. Только зайчик со мной. А другие нам только мешают.

Другие не любят Стивена. Ну их всех! Пусть кричат. Я люблю. Я скажу им: «Эй, вы! Отпустите!»

Сколько рядом воды, а мне все не дают.

Если набрать в руку снега, то он растает и будет вода. Ее можно пить. Пить.

* * *

Состояние Дорес Шумни, отключенной от аппарата искусственного питания, крайне тяжелое. Журналистам запрещен вход в помещение хосписа. Не разрешается делать снимки. Днем и ночью у помещения хосписа Святой Елизаветы стоят люди. Большинство из них молятся. В руках у молящихся зажженные свечи. Собравшиеся требуют, чтобы Стивен Шумни восстановил искусственное питание Дорес Шумни. Главный врач хосписа доктор Альфред Нюи в своем интервью, данном газете «Огайо Таймс» по телефону, уверяет, что Дорес Шумни не испытывает никаких страданий.

* * *

День третий, 14 апреля

Этот птенец — был. Открываю глаза — и он тут. А теперь — никого. Пустое дерево. Зачем в нем дупло? Если птенца нет, то и дупла не нужно. Не нужно и дерева. Птенец испугался. Упал, бедный, прямо в огонь.

Кому это пришло в голову — развести огонь тут, под деревом? Без воды вы его не потушите. Спросите у моего мужа. Он скажет вам то же самое.

Испекли птенца вместе с перьями.

Зачем он им? Они разве голодные?

Вы слышите запах?

* * *

У хосписа Святой Елизаветы, кроме взрослых, находится тридцать детей возрастом от восьми до шестнадцати лет. В руках у них пластмассовые стаканчики с водой и зажженные свечи. Собравшиеся собираются еще раз обратиться к Верховному судье Соединенных Штатов для очередного пересмотра решения суда, предоставившего Стивену Шумни возможность отключить Дорес Шумни от аппарата искусственного питания.

* * *

День четвертый, 15 апреля

Ребенок, которого нельзя, был сегодня со мной.

Стив, ну что значит: как? Очень просто: он был. Он был здесь, и его убивали.

Стивен, времени нет. Он не плакал тогда. И ножа не почувствовал.

Ладно!

Все прекрасно почувствовал!

Я вот спала. Сны глядела.

Мне было не больно.

Подхватили его и скорей — прямо в таз. И скорей — хоронить.

Видишь? Видишь?

...А кстати, зайчик, ты догадался, почему он не плакал? Я тоже не плачу. Мы, Стив, не умеем.

* * *

Собравшиеся у хосписа Святой Елизаветы выражают свои требования и предъявляют претензии Стивену Шумни, который пятый день проводит у постели своей умирающей жены Дорес Шумни, отключенной от аппарата искусственного питания. Крики и требования собравшихся привели к тому, что полиция вынуждена была принять меры. Те, кто отказался покинуть двор хосписа, были арестованы и в наручниках отвезены в отделение. Среди арестованных оказалось несколько детей в возрасте от одиннадцати до четырнадцати лет.

* * *

День пятый, 16 апреля

Он опять приходил. Я подумала: ты. Но ты рядом, я знаю твой голос. Значит, он. Ах, как мне хорошо! Как легко. Я пила из реки, ты не видел.

Ты проспал, мой хороший, мой зайчик, проспал! Ну и ладно. Я, Стив, не в обиде.

Он мне реку оставил, когда уходил. Я все пью. Меня очень все любят. Потому и стоят. Все стоят, погляди! И он тоже стоит. Видишь, Стивен?

Ну, зачем ты сказал: «Нужно сделать аборт». Ведь раздуло меня, как корову!

Унесли. Весь в крови. Всего десять недель. Я спала. Стив, я не разглядела.

А теперь вот пришел. Не в крови, а как все. И глаза есть, и пальчики. Милый!

Я ему говорю: «Милый, видишь: река?»

Он смеется. Он так меня любит!

* * *

По прогнозам врачей, Дорес Шумни не сможет прожить дольше недели. Родители Дорес Шумни в третий раз обратились в Верховный Сенат с просьбой восстановить искусственное питание их дочери. Сенат в просьбе отказал.

* * *

Я не понимаю, чего от меня хотят! Чтобы ее опять подключить к аппарату? И все по новой? Только идиоты могут этого требовать! Там нечего подключать! Нечего! Моя жена умерла двенадцать лет назад! Хорошо, я готов ответить на любые вопросы. Спрашивайте.

— Почему вашей жене продолжают вводить морфий? Если она все равно ничего не чувствует?

— Я не врач. На этот вопрос я не могу ответить. Наверное, чтобы процесс шел легче.

— Какой процесс? Процесс умирания от голода и жажды?

— Она не чувствует голода и жажды. Ее мозг умер, чувствительность нарушена.

— Вы уверены, что она нарушена полностью?

— Да, я уверен. Я поступаю по совести.

— Вам известно, что, когда человека лишают воды, его внутренние органы иссушиваются до такой степени, что лопаются от обезвоживания, и это невыносимая боль?

— А вам известно, что, когда человеку делают хирургическую операцию, он тоже должен бы загибаться от боли, а этого почему-то не происходит? Вы знаете почему?

— Вы имеете в виду наркоз?

— Да, я имею в виду наркоз. Чувствительность теряется. И все это в мозгу. Я не специалист, но мне объяснили.

— Чем вы можете объяснить то, что множество людей не доверяют вашей уверенности и боятся, что в данный момент ваша жена медленно погибает в мучениях?

— Люди любят всякие сенсации. Это же не их жена лежит перед ними без движения двенадцать лет подряд! Им — что! Шумиху устроить. Им бы, знаете, в мою шкуру.

— Родители вашей жены утверждают, что вы хотите освободиться от нее, потому что у вас давно другая семья и двое детей от другой женщины.

— Это что, преступление, что у меня двое детей? И другая женщина? Это что, запрещено, что я всегда хотел иметь детей и всегда хотел иметь нормальную семью? Да, я не скрываю, что собираюсь жениться во второй раз. И Дорес, между прочим, если бы можно было ее спросить — я имею в виду, не то что спросить, а если бы она понимала, что происходит, ну, короче, если бы Дорес могла, — она бы первая сказала: да, мол, женись, и чтобы у тебя дети были, и семья, и все. Я, между прочим, человек верующий, и у нас так не принято: жить, не обвенчавшись. Это не жизнь, а грех. Между прочим. Это я к тому говорю, что на меня очень наседают с точки зрения церкви, ну и вообще, с религиозной точки зрения.

— Но вы все же отрицаете, что хотели прервать существование вашей жены и обречь ее на смерть от голода и жажды для того, чтобы жениться на другой женщине?

— Вы меня все хотите подловить. Все свои вопросы вы так строите, чтобы я согласился, что в данную вот минуту Дорес умирает от голода. И от жажды. И что я это ей устроил. А все вокруг такие добрые — начиная от президента и кончая римским папой, — все хотят ее спасти от меня, самого ей близкого человека. Так, что ли? А я последний раз объясняю свою позицию, подтвержденную, между прочим, компетентными научными и медицинскими мнениями: моя жена умерла двенадцать лет назад. Точка.

— Вы ведь получили компенсацию за потерю «спутницы жизни» от страховой компании? Десять лет назад, кажется?

— Получил. Это что, тоже преступление?

* * *

День шестой, 17 апреля

Стив, мне лучше. Хватает воды. Здесь озера. И речка под боком. А боюсь за тебя. Мне-то что! Я жива. Стив, мой зайчик, мне все помогают!

...Сегодня вот встала и пошла. Ты спал. Я тебя оставила. Пусть, думаю, он поспит. Ночь же. А светло, Стив, как летом. Как днем. Иду по улице. Как ее... Ну, неважно. И вдруг впереди — маленький такой котенок, махонький! Черный совсем, как уголек. Спит себе посреди дороги. Там вроде ямка в асфальте. А спит он так крепко! Свернулся и спит. Я думаю: возьму, а то ведь раздавят. И тут же из-за угла, Стив, машина. И на него! На эту вот самую ямку. Я побежала. Раздавили, конечно. Страшно даже глядеть. Раздавили! Бегу! А он тут. Спит, как спал. Я его хотела, Стив, на руки взять, и вдруг — что ты думаешь? — кошка. Ну, я думаю, все! Если выну его, так меня загрызет. И не знаю, что делать.

Стою на дороге. Жаль котенка. А кошка меня сторожит. Ни туда, ни сюда. Ведь раздавят!

Ты проснешься, Стив, милый, и быстренько — к нам.

Хоть успеть бы до Пасхи!

* * *

...Моя дочка Дорес Шумни умирает не потому, что настал час ее смерти, а потому, что ее убивают. Завтра Пасха. Мы обратились к ее мужу Стивену Шумни с просьбой, чтобы он допустил нас к ней и Дорес приняла Святое Причастие. Чтобы мы с ее матерью могли зайти к ней вместе с отцом Домианом, настоятелем, который знал Дорес ребенком. Чтобы ей каплю вина и крошку святого хлеба. Шумни нам отказал. Жена не может подняться. Она лежит. Он чудовище. Зверь. Я еще докопаюсь, почему у моей дочери в двадцать два года остановилось сердце! У нее ничего с сердцем не было! Маленькие неполадки. Ничего такого, чтобы оно останавливалось.

* * *

День седьмой, 18 апреля

Как я рада, Стив, все расцвело! Вот вчера, например, я гуляла. Одни голые ветки. А утром — цветет! Уж когда и успели, не знаю. У меня ничего не болит, Стив, совсем. Я сегодня ходила на танцы. До утра танцевала. Все пили вино. Я не стала: ведь Пасха, да, Стивен? Надо пост соблюдать, а то сколько грехов! Так в грехах и помрем, а что делать? Вот, к примеру, твоя, Стив, семейная жизнь: ты мой муж, а ласкаешь другую.

Ему *даже об этом нельзя и сказать.* Он *опять приходил. Завтра утром.* Он *мне дал эту реку... не помню... ведь я... Говорила тебе? Пить хотелось. А ты, милый, сказал, что нельзя, что сперва... нужно что-то другое... не помню.*

Он *пришел, напоил. И сказал: «Вот река. Будешь пить, и она не засохнет».*

* * *

Так и пью. Так и пью, так и пью, Стив! Река! Уж реки-то мне хватит! Да, Стивен?

НЕИЗДАННЫЙ ДОСТОЕВСКИЙ

Первая публикация
Вниманию исследователей
творчества Достоевского:
пропущенная глава из романа
Ф. М. Достоевского «Идиот»
(предоставлено американскими архивами)

Предлагаем вашему вниманию только что обнаруженный в архиве американского слависта Эллиса М. Броневски текст двух черновых вариантов предпоследних глав романа Ф. М. Достоевского «Идиот». Первый вариант явно выпадает из той сюжетной структуры, к которой в ходе работы над романом пришел Достоевский. Предполагалось, как доказывает текст этого чернового варианта, написать состоявшееся венчание Рогожина с Настасьей Филипповной, и Достоевский разрабатывал мотивы, по которым убийство Настасьи Филипповны должно было произойти в ночь после венчания, проведенную молодыми в доме Рогожина перед поездкой на богомолье.

Второй черновой вариант практически представляет собой пропущенную из окончательного текста романа главу, опять-таки прямо рисующую событие убийства, от описания которого Достоевский впоследствии отказался.

Мы пользуемся случаем поблагодарить доктора Эллиса М. Броневски за предоставленную нам возможность этой публикации.

Ирина Муравьева[1]

ВЕНЧАНИЕ

С утра у него начала болеть голова и болела до захода солнца. Настасья Филипповна не прислала, как она обычно это делала, горничную с запиской, чтобы он знал, можно ли зайти к ней сегодня или нельзя. Значит, нельзя. Значит, опять жди какого-нибудь фокуса, нового унижения какого-нибудь. Вон как она третьего-то дня пошутила: «Раз, — говорит, — мы сейчас венчаемся, то и сделай,

---

[1] Так называемая «пропущенная глава» сочинена от начала до конца И. Муравьевой. Мистификация ни разу не была разоблачена ни профессиональными литературоведами, ни читателями. *(Прим. ред.)*

что я скажу: позови князя в церковь». Он на нее только глаза выкатил: «Князя? В церковь?» — «А что, — говорит, — разве теперь не все равно, раз я тебе законной женой буду? Или ты жене своей законной доверять не желаешь? Ну, — говорит, — отвечай! Будешь ты своей законной жене, в церкви Божьей с тобой венчанной, доверять али не будешь?» — «Буду». — «А раз так, то и зови князя на свадьбу. Чем князь не гость?»

А потом — как давай хохотать! «Неужто, — хохочет, — ты мне поверил, будто я князя к себе на свадьбу захочу? Ну ты, брат, прост! Ну, я над тобой всю нашу жизнь шутить буду!» Он только зубами заскрипел. Отхохоталась — и в слезы. «Пошел, пошел! Ко мне сейчас портнихи будут! Платья примерять! Уходи!»

Вечером он было опять к ней сунулся. Горничная отворила: «Настасьи Филипповны нету. Уехала к вечерне. Оттуда к Дарье Алексеевне в гости. Вернутся за полночь». Хотел было на дворе ее дожидаться, да гордость помешала. А вернее сказать, трусость заячья. Ну как опять накричит? «Что, — скажет, — караулишь? Не пришло еще твое время — меня караулить! Поди прочь!» Все дыхание в нем от этаких слов останавливалось. Тошен он ей, вот что. Ну и страх, конечно.

Правильно он ведь князю-то тогда заявил: «Ей за меня, может, хуже, чем в воду...»

Заявить заявил, а самого судорогой свело. Князь было хотел возразить, да запнулся.

Плоть — вот очень мучает. Иной раз и не заснешь. Выскочишь во двор, — хорошо, коли зима, — бросишься на сугроб в одной рубахе, лежишь, пока мороз до костей не продерет. Всю морду отморозишь, в сугробе-то. Тогда только и утихнешь.

Как он мальчишкой лишился невинности, провел вечер с продажной женщиной (братец двоюродный, купчик сибирский, приехал в Первопрестольную, подпоил, пошли в срамной переулок!), так с тех пор ни с кем из женского пола не знался, грех перед иконами замаливал, ночи на коленях стоял. А толку что? Стой не стой, плоти поклонами не осилишь...

Ох, она ему и снилась, Настасья Филипповна! И все развратными такими образами, соблазнами несусветными! «Обвенчаюсь, — думал, — и замолю. Из церкви на богомолье поедем, подальше куда-нибудь, на пароходе поплывем!»

Как, бывало, глаза закроет, так перед ним картина эта, аж горло иногда перехватывает: стоят они вдвоем на палубе, смотрят друг на дружку, а она ласковая с ним, Настасья Филипповна, смеется, кудри со лба отводит... Д-д-ду-рак ты, Рогожин! Как есть дурак! Ты на ней женишься и ни одной ночи спать спокойно не будешь! Глаз с нее спустить побоишься! Князю-то ведь сам сказал давеча, что она не в уме, сам ведь себе приговор подписал!

Голова что-то больно разламывается. Пойти разве к матушке вниз, пилюлей каких попросить? Да там уж небось спать полегли, у матушки-то! Какие ночами пилюли?

Вышел на двор, сел на лавочку. Она вот вчера спросила спокойным голосом, — кабы при этом глазами, как бритвами, не полоснула, так ведь ничего и не заподозришь!

— Ты, Парфен Семеныч, судя по всему, и деток нарожать захочешь?

Он побелел весь, губы запенились.

— Я, Настасья Филипповна, в детках ничего плохого не вижу, коли они от честных родителей родились.

Тут она прищурилась.

— Да где же ты, — шепчет, — честных тут родителей отыскал? Это уж не я ли, друг ты мой Парфен Семеныч, честная выхожу?

Рогожин вдруг замерз, хотя вечер был теплым. Только что начал было накрапывать мелкий дождичек, мельче слезинок, и перестал. Тучи в небе рассеялись, краешек солнца вспыхнул над крышей напротив. Холодно — а я посижу. Ты в гостях развлекаешься, а я тебя тут обжидать буду. Завтра-то, развлекайся не развлекайся, обвенчаемся с тобой, поглядим, кто кого. Привезу тебя, лебедь белую, ну, давай, скажу, разговаривать...

Встал, походил по двору. Голова вроде прошла, а туман в ней остался. Мысли дурацкие лезут... Положу тебя, лебедь белую... Ну, давай, скажу... А разговоры у нас с тобой, Настасья Филипповна, нехорошие будут. Я с тебя за все ответ получить желаю.

И за Тоцкого, хоть ты махонькая была! Махонькая! А почему ты, махонькая, от стыда лютого в петлю не залезла? В омут не бросилась? Махонькая! Сама же сказывала, что всякий раз к приезду оскорбителя своего платье новое надевала, от окна не отходила — ждала, пока лошади его из-за поворота покажутся! Вот тебе и махонькая! А в Петербурге потом? Семь, говоришь, годков одна-одинешенька? Ой ли? Это ты Дарье Алексеевне будешь сказывать, как ты семь годков после Афанасия Ивановича затворницей прожила, ей будешь небылицы плести...

А если и впрямь прожила? Натура-то дикая, обозленная, могла ведь, чтобы обидчику отомстить, и в монастырь запереться! Всяко могла!

А, вот тут и загвоздка! Коли ты такая затворница и тебе мужское внимание безразлично, зачем тебе тогда уборы бриллиантовые, туалеты французские? А ведь туалетов-то завела, туалетов-то! Да и потом, после Афанасья Иваныча, ни от каких подарков ведь не отказывалась! Вчера, например, из английского магазина опять счета принесли! Кто их оплачивает-то? Я и оплачиваю, меня-то ты не обманешь! Князь вон, Лев Николаич, он тебя, таковскую, не знает. Для него ты ведь жертва безвинная! «Я вас, Настасья Филипповна, за страдания ваши люблю...»

Эк сказанул! «За страдания!»

* * *

Опять ей нынче ночью зеркала снились. И сон поначалу приятный, вроде как даже сладостный. Идет она, семилетняя, с маменькой по полю, а сама все в зеркальце смотрится. А в зеркальце облака плывут, рожь шелестит, васильки шепчутся...

— А где же я-то сама, маменька?

Маменька, покойница, наклоняется:

— Вот же ты, Настенька! Вот и коса твоя, вот и глазки. Гляди!

Глядит изо всех сил. Нету косы, одни облака.

— Маменька, что вы говорите! Где же я?

Проснулась — вся подушка от слез мокрая.

Утро, кажется, голоса где-то. Дуняшу скорей позвать, не так страшно будет.

— Дуняша, для чего зеркало снится?

— Не знаю, барыня.

Выскочила из постели, села перед туалетом. Жутко глянуть. Подождала-подождала, наконец глянула. Пустое! Зеркало пустое! Одно в нем пятнышко. Маленькое, черное, будто муха.

— Дуняша-а! Где же я?

Дуняша смеется:

— Как где? Вот же вы, барыня! Вот воротничок ваш, вот, глядите, щечки...

Так, смеясь, и растаяла. Голоса стихли.

Вторую ночь это наваждение. Хоть спать не ложись. Сама перестала разбирать, где сон, где явь. Как в тумане.

— Платье приготовь, Дуняша.

— Записка вам, барыня. От Парфена Семеныча. Просит сообщить, когда можно зайти. Последние распоряжения перед венчанием делает.

Вот оно! Неужто я и впрямь с Рогожиным под венец пойду? А он-то где? Опять, поди, с Аглаей Ивановной сошелся, опять ей на лавочке слова на ушко шепчет! Да какие слова! Все там поломано, никто его после такого позора и на порог к ним не пустит. Он, говорят, сам чуть живой. А я ведь тебя, князь, не люблю. И Рогожина не люблю. Никого не люблю. Прочь уходите. Ха-ха-ха! Всех провела, а пуще всех — самое себя! Что ж ты, Афанасий Иваныч, неужто по сей день не догадался? Да никого я и не люблю, кроме обидчика моего драгоценного! Никогда тебе не признаюсь — клещами не вырвешь! Да и то сказать: какая это любовь? Не любовь, а охота ненасытная, привычка проклятая! Развратил ты меня, Афанасий Иваныч, подлой ты меня женщиной сделал! Я вот им кричу всем: я бесстыжая! По мне кнут плачет! А они не верят. Думают, с ума сбросилась Настасья Филипповна, все на себя наговаривает. Заглянули бы ко мне в душу-то, небось бы и попримолкли. Картинок наших они не видели, ночей несказанных, Афанасий Иваныч, не подсматривали! То-то и оно, что я всех провела. Так ведь и ты меня растерзал! Ты-то уж мной всласть потешился!

Привязал к себе, как болонку комнатную! Всем французским фокусам обучил! А потом взял да бросил. Я бы разве над тобой надсмеялась так?

А коли ты разлюбил, так ведь и я не спущу,

Афанасий Иваныч. Пусть тебе теперь хуже моего будет.

Всех обморочила Настасья Филипповна. Думала, князь вызволит. А мне и с князем тоска. Вот начну рыдать, начну его мучить, бывало, князя-то, — ох, он шарахался! Слезы мои ему невмоготу были. Руки дрожат, в глазах ужас, как у дитяти. Будто его сейчас пороть примутся. Кинусь ему на грудь, криком кричу, всю себя наружу выворачиваю! А он не понимает ничего. Пальцы целует, по головке гладит. А ведь ты, Афанасий Иваныч, не так себя вел. Ты, Афанасий Иваныч, на меня ведь как лев рычал, али не помнишь? Слезы-то сами и высыхали. А зато смеялись мы после этого, помнишь? Помнишь, как зимой тогда, после Святок дело, я уж плакала-плакала, а ты меня, чтобы в чувство привесть, по щеке хлестнул, да не рассчитал — перстнем до крови лицо ободрал, а потом на руки подхватил да по лесенке бегом! Али и этого не помнишь?

Князя я — слава, Господи! — от себя сберегла. А Рогожин — пусть. Я ему по сей день говорю: отойди, Рогожин, я подлая. А он, как пес, у ног: ты его пинаешь, он обратно ползет. Ну ползи, ползи, все одно мука.

— Ты что, Дуняша? Я тебя не звала.

— Барыня! Вы ведь опять всю ночь проплакали. Мы с кухаркой не спали. Чуть задремлем, слышим, вы стонете. Сердце разрывалось, барыня!

— Как думаешь, Дуняша, хорошо мне за Парфеном Семенычем замужем быть?

— Плохо, барыня.

— Что так? Человек он незлой.

— Да ведь незлой-то незлой, а только он вас, Настасья Филипповна, до смерти замучает!

— Да чего ему меня мучить, Дуняша?

— Вы меня лучше, барыня, не пытайте, я вот как чувствую, так и говорю...

— Ну, иди...

— Вы бы, Настасья Филипповна, лучше бы за князя уж...

— Иди, иди, Дуняша, прощай!

Глянула все-таки в зеркало. Вот ведь: целую ночь проплакала, а по лицу и не видно. Не взыщите уж, Аглая Ивановна! Завтра с утра в тысячный туалет наряжусь, бриллиантами обсыплюсь и — под венец! Честной женой стану! Встретимся с тобой, Афанасий Иваныч, в креслах где-нибудь, в итальянской опере, бровью не двину! Даром ты меня по щекам хлестал, играми своими в ночах распалял, несмышленую! Вот она, какова я теперь, сама себе барыня.

* * *

Как показывал впоследствии дворник, к одиннадцати часам Настасья Филипповна из гостей воротилась. Рогожин все это время с лавочки не вставал, сидел, обхвативши руками голову.

Изволила наконец припожаловать.

— Ты никак меня сторожишь, Парфен Семеныч?

— Тебя, больше некого.

— Ну, сторожи, коли тебе делать нечего, а я спать пойду. У меня завтра свадьба.

Рогожина так всего и передернуло. Схватил было ее за руки, притянул к себе. Ох, хороша! Глаза-то! Глянешь в омут, обратно не вынырнешь!

(Дальше зачеркнуты две строчки.)

...Завтра на богомолье. С самого утра. Пришли. (Дальше зачеркнуто.) Письмо от князя. Желает благополучия духовного. Слезы Н. Ф.

— Что, Рогожин, видал, какие благородные-то люди бывают? А ведь ты (зачеркнуто).

— А ведь это он тебя (нрзб). Все никак не (нрзб). Вот уж (нрзб). Не любовь это!

— Я тебе, Парфен (Дальше зачеркнуто.) Ты, Парфен Семенович, никак со мной в одну кровать улечься задумал?

(Дальше зачеркнута почти половина страницы.)

...И только когда нож упал на пол, Рогожин отшатнулся. Лицо ее быстро менялось. Красок в нем уже не осталось никаких, и резкая, как снег, белизна поползла от переносицы к губам и вискам. Потом обострился подбородок, а в приоткрытых глазах появилось насмешливое и даже веселое выражение, которое Рогожин иногда ловил у Настасьи Филипповны, когда они, бывало, на даче в Павловске играли в прошлом году в карты. Он всмотрелся: сейчас усмехнется. Судорога прошла по нему. Нет, губы-то скорбные.

Обеими руками он взял ее за голову, приподнял. Теплая еще вся. Долго, поди, так останется, теплой-то. Он вдруг поцеловал ее в рот. Рот, правда, был куда холоднее шеи и рук. Тихонько он пристроил мертвую обратно на подушках, будто боясь неловким движением причинить ей боль. Смутное беспокойство, что он не сделал чего-то самого главного, овладело им. Как будто он должен был немедленно пойти к кому-то, позвать кого-то. Как будто это она и просила его о чем-то. Рогожин облокотился на локоть, исступленно всматриваясь в ее приоткрытые остановившиеся глаза. Постепенно чувства его притупились, и он даже задремал, но не прошло и десяти минут — проснулся. В комнате было почти светло, как это бывает только белой ночью. В мертвом и таинственном свете запрокинутое лицо Настасьи Филипповны показалось ему (дальше зачеркнуто).

На этой строчке рукопись Достоевского обрывается.

Пропущенная глава:

УБИЙСТВО НАСТАСЬИ ФИЛИППОВНЫ

В поезде Настасья Филипповна сразу отвернулась к окну, с ним не сказала ни слова. Рогожин не сводил с нее глаз. На полпути, впрочем, он начал беспокоиться: скромненькая мантилья, которую он давеча купил для Настасьи Филипповны на вокзале, явно не скрывала всего ее роскошного туалета, и какие-то подвыпившие молодые люди (по виду из «наших») прошли специально три раза мимо них, чтобы осмотреть ее с головы до ног, обменявшись при этом выразительными восклицаниями. Настасья Филипповна тут же, не мешкая, так сверкнула на них зрачками из-под густых и длинных своих ресниц, что молодые люди немедленно ретировались. При подъезде к городу она вновь ужасно оживилась, начала быстро разговаривать и почувствовала сильную жажду. Рогожин спросил у проводника лимонаду, и Настасья Филипповна с жадностью отпила пару глотков. Когда уже совсем подъехали и поезд начал замедлять ход, странная мысль сверкнула в голове Рогожина:

— А ну как я бы не пришел нынче, в церковь-то? Али к тебе бы не протолкнулся? Народу-то ведь глазеть понабилось, яблоку негде упасть!

— А не протолкнулся, стало быть, и не было бы ничего.

Рогожин так и впился в нее глазами:

— Чего — ничего?

— А вот того, для чего ты за мной два года по пятам бегаешь.

Кровь бросилась в голову Рогожину. Вот оно, значит, как. Догадалась!

— Загадками ты меня, Настасья Филипповна, не проймешь. Ты мне лучше скажи: жалеешь, может, уже, что князя отставила?

— Может, и жалею, — неторопливо ответила Настасья Филипповна, но глаза ее при этом сверкнули вызовом. — А ты тоже не докучай мне особо расспросами-то. Не в настроении я сейчас с тобой разговаривать.

Отвернулась и стала обеими руками поправлять прическу. Дикая тоска заклокотала в нем. От нелепых надежд и неуверенной радости, которые охватили Рогожина, пока они торопились к поезду, не осталось и следа.

Машина[1] наконец остановилась. Толпа высыпала на перрон. Настасья Филипповна сильно выделялась пышным своим туалетом и, чувствуя это, опустила голову, даже рукой в белой до локтя перчатке заслонила себе лицо, словно боясь, чтобы ее не узнали. Рогожин готов был поклясться, между прочим, что кто-то внимательно проводил их взглядом, пока они усаживались на извозчика.

Темнело уже, когда они наконец подъехали к дому. На матушкиной половине давно спали, и в окнах не было свету. Настасья Филипповна, опередив Рогожина, спрыгнула на мостовую, подобрав подол сверкающего своего платья.

— Пойдем, пойдем скорее, — заторопилась она. — Увидит кто невзначай, несдобровать нам!

— Да что теперь: увидит, не увидит? — возразил было Рогожин. — Тебе отродясь люди не указ были, не станешь же ты от старух шарахаться?

---

[1] Примечание издателя. В окончательном тексте романа Достоевский использует в предпоследней главе слово «машина», подразумевая поезд. В публикуемом же черновом отрывке встречаются оба наименования.

Настасья Филипповна живо обернулась к нему, приложила палец к губам:

— Тс-с-с! Идешь ты за мной, Парфен Семеныч, али нет?

И, придерживая юбки обеими руками, начала подниматься по маленькой скрипучей лестнице, ведущей к кабинету Рогожина.

— Вот дом-то у тебя, — промолвила она, задыхаясь, — шагу не ступишь без скрипу! Что, как они сейчас проснутся?

Она невесело засмеялась. Вообще речь ее вдруг стала лихорадочной и такой торопливой, что Рогожин не успевал даже уследить за всеми словами, которыми она так и сыпала.

— Я ведь зачем к тебе прибежала, — все еще задыхаясь, бормотала она, оглядываясь и нервно обдергивая на себе платье. — Не знаешь зачем? Ты, может, думаешь, я испугалась, что ты меня прямо перед венцом нынче зарежешь?

Рогожин сильно вздрогнул всем телом.

— Нет, Парфен Семеныч, на это у меня тоже соображения были. Зачем тебе меня в церкви жизни лишать, коли ты в Бога веруешь? Веруешь ведь в Бога-то?

— Верую, — тихо ответил Рогожин, страшно почему-то побледнев.

— Вот и я говорю, — опять засмеялась Настасья Филипповна, — коли веруешь, ни за что в церкви такого не сделаешь, верно ведь?

Рогожин промолчал.

— А чуть выйдешь на улицу — тут тебе закон не писан. Тут уж заранее ничего нельзя сказать.

— Что-то ты меня, Настасья Филипповна, вроде как в душегубы определила? — помедлив, спросил Рогожин, тяжело глядя на нее. — Или я тебе и впрямь душегубом кажусь?

— Нет, Парфен Семенович, какой ты душегуб, когда ты мне свою душу сам обеими руками отдал, чтобы я твоей душой, Парфен Семеныч, передо всем светом похвалялась: глядите, мол, вот был честный человек, без родителя-то ни шагу, ему бы девушку хорошую, да чистую, да невинную, а он, глядите, что выдумал? Мне, содержанке подлой, всю свою жизнь посвятил, на коленках передо мной ползает, подол мой зацеловывает! Что люди-то скажут?

— Пусть, — упрямо пробормотал Рогожин. — Боюсь я, что ли, их бабских сплетен? У самого голова на плечах!

— Ну уж нет! — весело пребила его Настасья Филипповна, но в голосе ее послышались рыдания. — Врешь, Рогожин! Голова у тебя мужицкая, и в сердце твоем одни только мужицкие чувства и есть. Ты ведь перво-наперво не обо мне, ты об себе печешься! Прогадать все боишься!

Говоря это, она толкнула коленом прикрытую дверь спальни. В спальне было душно и светло: начиналась белая петербургская ночь. Кровать, застланная атласным голубым одеялом, была холодной на ощупь. Настасья Филипповна, усмехнувшись, опустилась на кровать и подняла на Рогожина сверкающие свои глаза.

— Страшно, Парфен Семеныч? Ну да не дрожи. Умыться-то принесешь?

— Горничную надо кликнуть, — нерешительно возразил Рогожин.

— Зачем нам горничная? — громко перебила его Настасья Филипповна и тут же испуганно закрыла рот ладонью: — Вот ведь какая я! Шептаться надобно, а я кричу. Так мы сейчас весь дом с тобой переполошим. Нет, ты уж сам. Сам принеси.

Помедлив, Рогожин вышел из спальни и через пять минут вернулся с умывальным тазом и кувшином.

— Полей-ка мне, — попросила Настасья Филипповна, глядя на него исподлобья.

Руки ее дрожали, когда она начала отцеплять от своей прически белые цветы. Густая подвенечная фата с шелестом упала на пол. Настасья Филипповна наступила на нее обеими ногами.

— А я-то думала, что так голова разболелась? Тяжесть какую на себе носить! Так-то оно легче!

Она рассмеялась и быстрым движением выбрала из волос все шпильки. Длинные прекрасные ее локоны рассыпались по плечам, словно кто-то прикрыл плечи Настасьи Филипповны шелковым черным платком. Рогожин глядел на нее не дыша, голова его шла кругом, мысли путались. Она неторопливо сняла с шеи бриллиантовое колье, бросила его небрежно на столик.

— Вот ведь, говорят, бриллианты лицо красят, а ты посмотри на меня, Парфен Семеныч, без бриллиантов-то. Красят они меня али нет? Нужны они мне, бриллианты эти?

Рогожин хотел было ответить, но вместо слов из груди его вырвался сдавленный стон, словно он сейчас задохнется. Настасья Филипповна искоса поглядела на него.

— Тебе никак душно здесь, Парфен Семеныч? Окна затворены. Отворил бы ты, может, окошко-то.

Рогожин молча отворил окно. Повеяло свежим воздухом, но духота не сделалась легче.

— Ха-ха-ха! — звонко засмеялась вдруг Настасья Филипповна и откинулась на шелковом покрывале. — Что ж ты на меня, как волк на овечку, глядишь? А умыться-то зачем притащил? Полей мне, Парфен Семеныч, не все истуканом стоять!

Он видел, что у Настасьи Филипповны начинается обычная ее истерика и через десять минут за веселостью последуют слезы и оскорбления. Однако уйти и оставить ее одну, чтобы она, нарыдавшись и насмеявшись вдоволь, наконец успокоилась, Рогожин не мог. Он опустил глаза, но и не глядя чувствовал, как белеют в полумраке комнаты ее плечи, дышит прерывисто грудь в низком вырезе платья, как, высунувшись на полвершка из-под пышной юбки, вздрагивает маленькая, словно из мрамора выточенная нога на поблескивающем атласе. Мрачное нетерпеливое желание овладело им с такой силой, что он боялся закричать и перебудить своим криком весь дом и всю давно уже спящую улицу.

— Ну? — перестав смеяться, спросила Настасья Филипповна. — Иди к себе, Парфен Семеныч, пошутили и будет. Спать пора. Завтра чуть свет в Москву. Это непременно.

Рогожин не шелохнулся.

— Иди, — нахмурившись, повторила она, — нечего тебе здесь делать.

— Не гони, — судорожно прошептал Рогожин и громко сглотнул слюну. — Не вводи во грех!

— А ты меня не пугай, — тихо сказала Настасья Филипповна и стала, не торопясь, расстегивать платье. — Я тебя, может, в Москве к себе лакеем возьму. Вот и заживем вместе. Ты ведь этого хочешь?

Рогожин сделал к ней шаг, весь дрожа.

— Ой, губы-то в пене, — презрительно и словно бы про себя пробормотала Настасья Филипповна, — оботри губы, Парфен Семеныч. Что у тебя, припадок, что ли?

Рогожин послушно обтер рот рукавом сюртука.

— Сказал: «моя», и будешь моя, — пробормотал он как в бреду. — Некуда тебе от меня прятаться.

Пышное подвенечное платье Настасья Филипповна бросила на кресло, стоящее поодаль от постели.

— По душе я тебе? — сказала она насмешливо, повернувшись всем телом к Рогожину. — Видал где еще таковскую?

— Не видал, — прохрипел Рогожин, — нету краше тебя, королева...

— Ой, тоска-то, — еле слышно шепнула Настасья Филипповна, и слезы вдруг хлынули из ее глаз. — Ну, давай, купец, подходи ближе, не робей! Я ведь подлая, со мной просто можно!

Не помня себя, Рогожин подхватил ее на руки и, как пушинку, бросил на кровать.

— Люблю тебя до смерти, нету, окромя тебя, никого, одна на весь свет, королева моя, не губи душу-то, — бормотал он, как в бреду, задыхаясь и покрывая поцелуями ее шею и обнажившуюся грудь. — Ох, и сладкая!

Настасья Филипповна закусила губу, лицо ее исказилось. Рогожин начал поспешно сдирать с нее белую кружевную сорочку, торопясь, расшнуровывать корсет. Настасья Филипповна вдруг с силой приподнялась на подушках и оттолкнула его.

— Поди прочь, — громко и почти спокойно сказала она. — Я с лакеями дел не имею. Найди себе купчиху под стать. Или прачку какую. С ней и забавляйся.

Рогожин, от неожиданности потерявший было равновесие, хрипло и шумно дыша, наклонился над ней и обеими руками схватил ее за щеки.

— Не вводи во грех, — как затверженный, повторил он, — пожалей, Настасья Филипповна...

— А не нравишься ты мне, так что делать? — снова засмеялась она и опять попробовала было оттолкнуть его от себя. — Ну, вот лицо твое мне не нравится, и волосы твои, и борода твоя черная! Что прикажешь делать? Насильно-то, как говорится, мил не будешь!

— Будешь, — задыхаясь, вспенившимися опять губами прошептал Рогожин. — Теперь уж поздно тебе меня гнать, теперь уж я свое-то возьму! Хватит, лебедь белая! Покуражилась!

— Ой, а что пахнет-то от тебя как? — сделавши гримаску, спросила Настасья Филипповна. — Давай уж, Парфен Семеныч, я тебе из кувшина полью, или лучше, знаешь что, возьми у меня, в мешочке там, флакон с золотой крышечкой, руки хоть спрысни!

Этого Рогожин не вынес. Как безумный, занес он над ней кулаки и замер, глядя на нее своими налитыми кровью глазами.

— Дотронься только, мужик, — по-змеиному прошипела Настасья Филипповна. — Бить ты еще меня будешь! Пошел, кому говорю! Прочь пошел!

Рогожин бросился вон из комнаты и через секунду воротился с ножом.

— Не вводи во грех, — как исступленный, повторил он, — пожалей, Настасья Филипповна!

Глаза их встретились. И такое прочел он в ее вдруг погасшем, затихшем взгляде, что вся кровь в нем остановилась. Это была не ненависть, не гнев, не всегдашнее ее раздражение — о, нет! Это был взгляд человека, которому все и давно безразлично, и он только по привычке реагирует на окружающее, понимая, что никто вокруг не догадывается и никогда не догадается о том, что с ним на самом деле происходит.

— Не можешь? — горько спросил Рогожин, судорожно переложив нож из одной руки в другую. — Никогда?

Она тихо покачала головой, и новая гримаска появилась на ее лице: словно она пытается, но не в силах подавить в себе отвращение.

— Брезгуешь? — вскричал он.

— Иди к себе, Парфен Семеныч, — прошептала она с неподдельным равнодушием. — Право слово: иди.

Рогожин отступил было на шаг, но — прошла секунда — и он, как безумный, упал всей тяжестью своего тела на тело Настасьи Филипповны, не выпуская из руки нож.

— Пожалей, — забормотал он, — не вводи во грех... кому говорю...

— Н-н-нет, — прохрипела она, пытаясь скинуть с себя навалившегося на нее Рогожина, — п-п-пусти-и...

Удар пришелся чуть ниже сердца. Настасья

Филипповна громко вскрикнула и забилась, сминая простыни. Рогожин вскочил на ноги, в ужасе глядя на нее.

— А-а-а, — простонала она, пытаясь обернуться к нему, — вот и славно... Вот и...

Тонкая струйка розовой слюны медленно вытекла из ее полуоткрытого рта, дыхание стало редким и трудным. Рогожин схватил ее на руки и, как ребенка, начал бессмысленно носить по комнате. Потом он остановился, всматриваясь. Настасья Филипповна уже перестала дышать. Лицо ее тут же переменилось. Прежнее брезгливое выражение исчезло с него и заменилось той простодушной торжественностью, какая бывает у маленьких детей, если им удается высоко подпрыгнуть, например, или разгадать хитрую загадку. Темные глаза, еще не до конца утратившие своего влажного блеска, смотрели на Рогожина приветливо и задумчиво, как она никогда, за все их время, ни разу не посмотрела на него.

Рогожин тихо положил ее на кровать, расправил вокруг нее атласное покрывало и измятые простыни. Руки его сильно дрожали, но движения были деловитыми и осмысленными. Расправив простыни, он осторожно подложил под голову умершей две высокие подушки, словно стараясь, чтобы ей было удобно, потом пригладил ее густые, прекрасные волосы и только после этого трясущейся ладонью закрыл Настасье Филипповне глаза. Проделав все это, он поцеловал умершую в лоб и выпрямился. Главная мысль, что ему необходимо немедленно, сейчас же сообщить о случившемся князю, возникла в его голове и...

(*На этом рукопись Достоевского обрывается.*)

АНАНАСЫ В ШАМПАНСКОМ

Сквозь сон просочилось размытое дождем, слышанное в детстве: «Гули-гули-гули...» Потом звук дождя проступил сильнее, и сквозь его усилившуюся густоту опять: «Гули-гули-гули...» Я открыла глаза, и во вздрагивающей рассветной белизне они выхватили сначала пустую детскую кроватку, плотно уложенную мешочками с сахаром, потом коробочку с надписью «Трава «Пустырник», потом банку с мутной жидкостью, затянутую марлей, на подоконнике. Тогда я вспомнила: это Москва, да. Вчера мы прилетели в Москву. Подошла к окну, отдернула занавеску: под мерно льющимся дождем согнутая старуха крошила хлеб восковыми пальцами. Это она бормотала, возвращая мне детство: «Гули-гули-гули...» За старухой чернела развороченная помойка: переполненный бак, из которого вываливалось гниющее содержимое, и две ободранные кошки жадно пожирали что-то, вжав мокрые прилизанные головы. Начиналось утро, начиналась Москва.

Низкое здание Рижского рынка обросло темными сплюснутыми ларьками, ларьки — темными и сплюснутыми людьми. Торговали, покупали, прицениваясь, бранились. Те же пучки петрушки и укропа, что девять и пятнадцать лет назад, те же размокшие розовые сыроежки. Но сам рынок поразил меня: все прилавки его были завалены экзотическими фруктами — мохнатыми киви, ананасами и похожими на связки золотых полумесяцев бананами. Покупателей было меньше, чем продавцов, может, поэтому мне и закричали со всех сторон:

— Дэвушка! Подойди сюда! Гляди сюда! Бери ананас! Бери лимоны! Дэвушка, а дэвушка!

Я подошла к первому. Пальцами, испачканными в черной виноградной крови, он протянул мне колючий крепкий ананас:

— Бери, недорого!

— Сколько?

— Полторы тыщи! Бери, не жалей!

— Что? — ахнула я. — За один ананас?

— Зачем за один? — обиделся испачканный сладкой черной кровью человек. — Сейчас взвесим, увидим, сколько в нем. За килограмм полторы.

С драгоценного ананаса наступило ощущение перевернутых величин. Я и удивлялась, и не удивлялась. Удивление тут же переходило в защитную отстраненность, ибо оно было слишком громоздко и величина его превышала мою душевную вместимость.

Машина ныряла по ухабам разбитых московских мостовых. Быстро темнело. Из подворотен, из старых арок возникали тени, двигались по трещинам вечерних улиц, иногда их освещало то тут, то там разведенными кострами. У костров тоже шла какая-то жизнь: кружком сидели дети, что-то пили, что-то рассматривали, совещались. Мы остановились на тусклом светофоре, и вдруг молодое, изуродованное ожогом пьяное лицо приникло к ветровому стеклу, рука в рваной варежке перекрестила нас, лицо залилось готовыми слезами, и прыгающие губы начали целовать нашего водителя прямо через стекло.

— Сережа! — взмолилась я. — Открой окно!

Сережа обернул ко мне каменный профиль.

— Различать надо, кому открывать, а кому нет! Не видишь, что это — клоун! Ими весь город кишит!

Лицо в лишайнике ожога отвалилось, рука показала нам кулак. К соседней машине подошел мальчишка лет девяти-десяти. Предложил товар: бутылочку с пепси-колой. Сидящий за рулем плотный, немолодой, в массивном кожаном пиджаке человек бутылочку не купил, но ленивым жестом дал мальчишке закурить, и тот, втянув вихрастую голову в младенческие плечики, проскользнул между машинами обратно к костру, где сидели такие же, как он, дымили сигаретами...

Где-то в районе Чистых Прудов мы вильнули в переулок, и светящийся огнями, гостеприимно распахнутый подъезд предстал взору как видение далеких времен. Перед подъездом стояли два швейцара в добротных ливреях. Мы прошли внутрь. Там было тепло, медовый свет разливался по вестибюлю, освещая окна с цветными стеклами, оказавшиеся потом ненастоящими. Маленький гардеробщик в залоснившемся сюртучке принял наши пальто, мелко тряся воробьиной головкой. Две девицы в очень открытых, вишневых, цветом в ковер, туалетах держали на подносиках блестящие желтые жетончики.

— Берите, берите, пожалуйста! — сахарно улыбались они, протягивая пластмассовые кружочки.

— Что это? — удивилась я.

— Это для игры в рулетку. Первые ставки... — объяснили вишневые девицы. — Вы можете уже сейчас попробовать, пока не начался капустник.

Пора, наверное, объяснить: мы попали на капустник, который театр «Современник» давал в только что открывшемся клубе московских бизнесменов. Накрытые столы в большой комнате первого этажа ломились от еды. Черная икра была выложена прямо на тарелки, и первый раз в жизни я увидела материализованную метафору: икру ели ложками. Из ананасов, памятных мне по вчерашнему Рижскому рынку, варварски вырезали нутро и вставили в каждую освобожденную от плода кожуру красные фонари. Полуторатысячные экзотические плоды, раскинувшись, как маленькие пальмы, по белому снегу скатерти, горели между тарелками с икрой, лососиной, севрюгой. Большие, целиком запеченные рыбы с сизыми глазами лежали на овальных подносах, и было как-то даже неловко разрушить такое искусство, кромсать его ножом. Комната была плотно наполнена телами, но новые гости продолжали вливаться из вестибюля, поигрывая только что полученными от вишневых девиц желтыми кружочками. Вечер, как сказал бы Толстой, был пущен.

Сразу стало очень накурено, душно. Чад какой-то стоял в воздухе, и казалось, что в этом чаду плывет перед моими слезящимися глазами сон ли, фильм, не знаю, что угодно, только не реальная московская жизнь одна тысяча девятьсот девяносто второго года, на задворках которой маленькие Гавроши греются у уличных костров. Среди мужчин бросались в глаза, во-первых, немолодые, седобородые, похожие на купцов из пьес Островского, которые золотыми зубами вкусно жевали упругий виноград и подкладывали себе на тарелки влажную лососину. Таких, правда, было немного, человек шесть-семь. В основном же капиталистическую Москву представляли люди во фраках не старше сорока лет. Есть такой особый тип мужчин: тщедушных, маленьких, нервных, с напряженными плечами, с быстрыми, бледными, трясущимися пальцами, которые стараются ни с кем не пересекаться взглядами и в которых, кажется, все дрожит мелкой дрожью: слабые склеротические жилки на висках, мизинцы, запонки, родинки. Такие чаще всего бывают или пропойцами, или очень богатыми, очень жадными и ловкими до денег людьми. Мы, судя по всему, оказались среди последних. Бегали зрачки, прыгали руки с вилками, девы в вишневых шелках наклонялись полуоткрытой грудью с высоты лаковых каблуков: «Водку? Коньяк? Джин с тоником?» Кроме дев с подносиками, озабоченно сияющих белыми улыбками, в чадном зале присутствовали и просто гости. Часть из них была в вечерних туалетах, часть — просто в платьях, претендующих на шик. Прямо передо мной стояла худая, ярко-рыжеволосая женщина с черными перьями вместо рукавов, огненным маникюром сжимала бокал с джином и тоником.

Ох, как меня тянуло выйти на улицу, тихо постоять в темноте, подышать прелыми листьями, редкими дождевыми каплями!

Но тут в зал вошли актеры театра «Современник». Память сгустками выталкивала стершиеся имена: да, Неелова, а эта, не помню фамилию, но знакомое лицо, и играла в каком-то фильме... Каком? А маленькая, с умными острыми глазами, с детским тельцем в синтетической размахайке, в черных чулочках — Лия Ахеджакова, а это — Гафт, у которого не одно лицо, а два разных: верхняя половина отдана замечательным собачьим глазам, а нижняя — полураздавленной змеиной улыбке. И были еще какие-то, совсем молодые, появившиеся, наверное, после моего отъезда, из которых выделялась писаная красотка с вызывающими формами под коротким платьем, сиреневыми веками и алыми губами, похожими на переспелую клубнику. Короткие волосы взбиты и перехвачены черной пиратской повязкой поперек выпуклого лба. Позже я поняла, что все эти вызовы: ног, глаз, губ, волос — не случайны. Во-первых, они нужны песням, которые надлежало пропеть в распаренные уши бизнесменов, песням, сочиненным специально для капустника, специально для этих, со склеротическими жилками на висках, с прыгающими пальцами, со счетами в нью-йоркском банке, потому что в их прыгающих пальцах сейчас все: и меха, и икра, и нефть, и золото... Но не только для песен. В вошедшей стайке «Современника» было сочетание артистической свободы людей, привыкших быть узнаваемыми и жить на виду, со столь же артистическим презрением неимущей элиты к денежным мешкам. Перед моими глазами, заслоняемый рыжеволосой головой над черными перьями рукавов, шел новый вариант «Талантов и поклонников», в котором была и бравада, и готовность к отпору, и жалкие, жадные желания...

Я вышла на улицу, постояла в темноте, подышала дождем, прелой забензиненной осенью. Вернулась обратно и услышала кусок пришепетывающей речи, с запинками извлекаемой из тщедушного тела, стянутого фраком.

— Он дает спич! — Рыжеволосая женщина с

огненным маникюром стрельнула в меня круглыми зрачками. — Слушайте, это интересно!

«Спич давал» председатель клуба. На указательном пальце блестел перстень с черным камнем.

— И вот мы тогда посовещались, — пришепетывая, рассказывал обладатель черного камня. — И посовещались мы и решили, чтобы, это, чтобы было у нас в нашем городе такое место, это, такое место, чтобы все мы могли, где все мы могли безо всяких посторонних, я хочу сказать, безо всяких чужих лиц, прийти после тяжелого дня, и потому что мы работаем нелегко, и мои коллеги, которые меня здесь слушают, не дадут мне соврать, прийти сюда, в этот гостеприимный дом, где нам дадут хорошо покушать и чего-то вкусного закусить и выпить, и мы в своей среде сможем все расслабиться и попеть, и хорошо поплясать с нашими прекрасными дамами...

Черный перстень замер в воздухе. Зал одобрительно поаплодировал.

— Мы надеемся, что этот клуб не исчезнет с лица нашей матушки-Москвы, и мы сделаем все, чтобы в нем было чисто и вот так же красиво, как сегодня, и наши гости и те актеры — музыканты и танцоры, которых мы будем приглашать сюда, — смогут тоже получать от нас удовольствие, как мы от них, поэтому: да здравствует новый московский клуб «Петровские палаты»!

Спич оборвался грохотом рукоплесканий, и тут же на сцену выскочила красотка с пиратской повязкой на лбу и с ней двое мужчин: один в тельняшке, в матросской шапке, в облезлой черно-бурой лисе, перекинутой через тельняшку; другой — толстый, с длинными волосами, в ватнике-безрукавке. Красотка поставила согнутую ногу на колено чернобуролисого, и тот объявил, что в честь пригласивших их сюда хозяев клуба будет первый раз исполнена только что сочиненная песня «Ты гуляй, гуляй, купец». Из всей залихватской, невероятно громко исполненной песни я и запомнила один только рефрен: «Ты гуляй, гуляй, ой, гуляй, гуляй, купец!», во время которого пиратка утыкала всклокоченную голову в собственную же согнутую ногу, придавившую каблуком колено парня в чернобурке, а молодец в безрукавке так страшно откидывал назад толстый корпус, что лицо его на мгновение исчезало совершенно и оставалась только огненно-красная от напряжения шея, перевитая вздувшимися от крика венами.

Потом были горячие блюда на втором этаже. И там тоже оказалось не менее дымно, душно, чадно, но подавали уже не девицы в вишневых шелках, а официанты в накрахмаленных белых рубашках. Над головами сидящих, над чистыми круглыми лысинами, над старомодными проборами-ниточками, над вытравленными перекисью женскими кудрями плыли в ловких растопыренных пальцах серебряные судки с «шампиньончиков в сметанке не желаете?», «язычка с хреном?», «баранинки?», «карпа свеженького?». Кусок не лез в горло, глаза вытекали от духоты и сигаретного дыма. Тут я заметила веселую, очень немногочисленную компанию крепко подвыпивших тщедушных фраков, которые уже не хотели есть и придумали себе новое развлечение: брали с тарелок раков с отлакированными усами, с черными бусинками мертвых глаз и ловко насаживали их на ананасовые пальмочки.

— А вот и моя птичка прилетела... — смеялся председатель клуба, закрепив розовый панцирь на зеленой верхушке экзотического плода.

— А мой уже гнездышко свил, пока твоя летела, — нетвердым баском перебивал другой и вилкой подцеплял «птичку» председателя так, что рак падал на стол.

— Обижаешь, брат! — возмущался председатель, неловкими пальцами закрепляя нового усача на пальмочке.

— Господа бизнесмены! — певуче объявила возникшая в дверном проеме блондинка в черном бархатном платье. — Приглашаем вас вниз на раздачу призов и лотерею!

На лестничной площадке стояла симпатичная парочка: один из купцов Островского и совсем молоденькая, с очень длинными ногами, в очень низком декольте женщина с гладко зачесанными черными волосами. Проходя мимо, я уловила только конец фразы: «Можно и вместе во Флориду слетать. А? Погреться на солнышке-то? Подзагоришь, посвежеешь...» Ответа черноволосой Шахерезады я не расслышала.

«А чего не слетать-то? — пронеслось в моей задымленной голове. — Подзагоришь, посвежеешь...»

В зале на первом этаже притушили свет. Под медленную, мучающую нервы музыку две молодые, очень белолицые, с кроваво-красными губами женщины демонстрировали модели меховых изделий. Они не улыбались и не заигрывали с публикой. Их лица были зловеще неподвижны, глаза безумны, губы полураскрыты, как перед поцелуем в индийском двухсерийном фильме. Один из служителей накидывал шубы на их острые голые плечи. Зал стонал от восхищения. Шубы и впрямь были особенные: не какая-нибудь там лиса-нутрия, а норка белая, серая, иссиня-черная, соболь, подернутый ранней сединой, голубой песец, такой голубой, что и впрямь сиял на всю полутемную, нежно подкрашенную ананасами залу. Сиял, светился. Каждая из шуб была самым вычурным образом сшита. Ах, не на московские снега, не на колючие метели шили эти шубки! Для Флориды-то, может, и жарковато, а вот для парижской ранней весны — как раз. Или для нью-йоркской осени, чтобы выскочить из «Роллс-Ройса», прижимая к груди кудрявую собачонку.

Белолицые женщины сомнамбулически двигались по зале, не улыбались. Мертвые невезучие звери переливались на их плечах. Я по наивности подумала, что эти шубы сейчас будут разыгрывать в лотерею, и ужаснулась. Но нет, обошлось. Молодой служитель сгреб ворох блестящих мехов и быстро уволок их на задворки. Зал громыхал аплодисментами. Опять грянула разудалая музыка, и началась раздача каких-то призов непонятно за что. Тут я не все помню, потому что случилась толчея и неразбериха. Помню только, как, страдая глазами и корчась губами, двуликий Гафт раздавал женщинам бананы: каждой по одному. Я ускользнула в сторону, и мне банана не досталось. Зато моя американская подруга получила огромный, слегка даже переспелый и с удивлением прижала его к груди, не зная, что теперь полагается делать.

В зале было нечем дышать, никто уже никого не слышал, потому что шла бурная игра в рулетку, во-первых, а во-вторых, громко обсуждались планы на будущее в каждой из образовавшихся групп: деловая Москва не любит терять времени даром.

— Я тебе всю документацию представлю завтра же! — доносилось из одного угла.

— А я вам говорю, что нам подвальное помещение не годится! Плевал я, что это в Амстердаме! Я в Амстердаме дом куплю! И все дела! — брызгало из другого.

И тут весь этот гвалт перекрыл глуховатый голос маленькой, в черных чулочках, Лии Ахеджаковой, которая кричала в микрофон:

— Дорогие, милые, хорошие бизнесмены! Вы — наша надежда, вы — наша гордость! Помогите нам! Посмотрите на нас! Мы умные, мы талантливые, мы добрые, очень красивые! Помогите нам! Нам так хочется работать! Мы столько можем! Я мечтаю сыграть в фильме по роману Достоевского! У нас есть блестящие сценарии, замечательные идеи! Помогите нам! Посмотрите на нас! Слушайте, надо же держаться вместе! Отчего вы не хотите нам помочь?

Я тихонько потянула за рукав опекающую нас даму с Останкинского телевидения:

— Можно нам домой? Как отсюда добраться-то?

Она исчезла и через пять минут вернулась, загадочная и счастливая:

— Всё! Только ни о чем не спрашивайте! Вы ничего не должны знать! Это лично мне сделали любезность, но сохрани вас Бог расспрашивать! Вас повезут на машине одного... — Голос ее вдруг стал хриплым и страшным, понизился. — Одного мил-ли-а-рде-ра, вы меня поняли? Он дает вам шофера и телохранителя ровно на полчаса, туда-обратно, вы меня поняли?

— Господи! — взмолилась я. — Не надо мне телохранителя! Такси разве нельзя поймать?

— Что?! — Гнев зазвенел в ее горле. — Вы как ребенок, ей-богу! Объясняю вам: нельзя! Как величайшая любезность! Мне лично! Поняли? Через пять минут выходите!

Через пять минут мы вышли. Подъехал «жигуленок». Я не выдержала:

— Это и есть «мил-ли-а-рде-ра»?

Останкинская начальница — в самое мое ухо:

— Господи! Это ведь конспирация! Что вы, маленькая, ей-богу?!

Два скошенных затылка, косая сажень в плечах — каждый, сидели впереди. За всю дорогу ни тот, ни другой не проронили ни слова. Крепкие, видать, ребята, не зря их миллиардер держит. Доставили нас к подъезду. Я робко спросила:

— Мы вам что-нибудь должны?

Затылки отрицательно мотнулись. Потом телохранитель повернул к нам широкое, лиловатое от фонарного света лицо:

— Доброй ночи.

Мы поднялись к себе по неосвещенной лестнице, слабо пахнувшей кошками и валерианкой. Не снимая куртки, я подошла к окну. В доме напротив одно за другим гасли окна. Люди ложились спать. «Завтра, — вдруг подумала я. — Завтра тоже будет все это. Москва, дождь, развороченная помойка, детская кроватка в моей комнате, мешочки с сахаром. И дай только Бог, чтобы она опять появилась, эта старуха, которая кормит голубей и бормочет: «Гули-гули-гули...»

СОДЕРЖАНИЕ

Литературно-художественное издание

ВЫСОКИЙ СТИЛЬ. ПРОЗА И. МУРАВЬЕВОЙ

Муравьева Ирина

СУСАННА И СТАРЦЫ

Ответственный редактор *О. Аминова*
Ведущий редактор *Ю. Качалкина*
Выпускающий редактор *А. Дадаева*
Художественный редактор *А. Стариков*
Технический редактор *О. Лёвкин*
Компьютерная верстка *Р. Куликов*
Корректор *Е. Сербина*

В оформлении обложки использован рисунок *В. Еклериса*

ООО «Издательство «Эксмо»
127299, Москва, ул. Клары Цеткин, д. 18/5. Тел. 411-68-86, 956-39-21.
Home page: **www.eksmo.ru** E-mail: **info@eksmo.ru**

Подписано в печать 15.06.2012.
Формат 70×108 1/32. Гарнитура «Гарамонд».
Печать офсетная. Усл. печ. л. 14,0.
Тираж 8000 экз. Заказ 3965/12.

Отпечатано в соответствии с предоставленными материалами
в ООО "ИПК Парето-Принт", г. Тверь, www.pareto-print.ru

ISBN 978-5-699-57913-6

9 785699 579136 >

Оптовая торговля книгами «Эксмо»:
ООО «ТД «Эксмо». 142702, Московская обл., Ленинский р-н, г. Видное,
Белокаменное ш., д. 1, многоканальный тел. 411-50-74.
E-mail: **reception@eksmo-sale.ru**

По вопросам приобретения книг «Эксмо»
зарубежными оптовыми покупателями
обращаться в отдел зарубежных продаж ТД «Эксмо»
E-mail: **international@eksmo-sale.ru**

International Sales: *International wholesale customers should contact Foreign Sales Department of Trading House «Eksmo» for their orders.*
international@eksmo-sale.ru

По вопросам заказа книг корпоративным клиентам,
в том числе в специальном оформлении,
обращаться по тел. 411-68-59, доб. 2299, 2205, 2239, 1251.
E-mail: **vipzakaz@eksmo.ru**

Оптовая торговля бумажно-беловыми
и канцелярскими товарами для школы и офиса «Канц-Эксмо»:
Компания «Канц-Эксмо»: 142700, Московская обл., Ленинский р-н,
г. Видное-2, Белокаменное ш., д. 1, а/я 5.
Тел./факс +7 (495) 745-28-87 (многоканальный).
e-mail: **kanc@eksmo-sale.ru**, сайт: **www.kanc-eksmo.ru**

Полный ассортимент книг издательства «Эксмо» для оптовых покупателей:
В Санкт-Петербурге: ООО СЗКО, пр-т Обуховской Обороны, д. 84Е.
Тел. (812) 365-46-03/04.
В Нижнем Новгороде: ООО ТД «Эксмо НН», ул. Маршала Воронова, д. 3.
Тел. (8312) 72-36-70.
В Казани: Филиал ООО «РДЦ-Самара», ул. Фрезерная, д. 5.
Тел. (843) 570-40-45/46.
В Самаре: ООО «РДЦ-Самара», пр-т Кирова, д. 75/1, литера «Е».
Тел. (846) 269-66-70.
В Ростове-на-Дону: ООО «РДЦ-Ростов», пр. Стачки, д. 243А.
Тел. (863) 220-19-34.
В Екатеринбурге: ООО «РДЦ-Екатеринбург», ул. Прибалтийская, д. 24а.
Тел. +7 (343) 272-72-01/02/03/04/05/06/07/08.
В Новосибирске: ООО «РДЦ-Новосибирск», Комбинатский пер., д. 3.
Тел. +7 (383) 289-91-42. E-mail: **eksmo-nsk@yandex.ru**
В Киеве: ООО «РДЦ Эксмо-Украина», Московский пр-т, д. 6.
Тел./факс: (044) 498-15-70/71.
В Донецке: ул. Артема, д. 160. Тел. +38 (062) 381-81-05.
В Харькове: ул. Гвардейцев Железнодорожников, д. 8.
Тел. +38 (057) 724-11-56.
Во Львове: ул. Бузкова, д. 2. Тел. +38 (032) 245-01-71.
Интернет-магазин: www.knigka.ua. Тел. +38 (044) 228-78-24.
В Казахстане: ТОО «РДЦ-Алматы», ул. Домбровского, д. 3а.
Тел./факс (727) 251-59-90/91. RDC-Almaty@eksmo.kz

Полный ассортимент продукции издательства «Эксмо»
можно приобрести в магазинах «Новый книжный» и «Читай-город».
Телефон единой справочной: 8 (800) 444-8-444.
Звонок по России бесплатный.

В Санкт-Петербурге в сети магазинов «Буквоед»:
«Парк культуры и чтения», Невский пр-т, д. 46. Тел. (812) 601-0-601
www.bookvoed.ru